オーパーツ♥ラブSP《すぺしゃる》
〜あ・ら・か・る・と〜

ゆうき りん

集英社スーパーダッシュ文庫

オーパーツ♥ラブSP《すぺしゃる》
〜あ・ら・か・る・と〜

CONTENTS

スーパーダッシュ

Bistro FARAO “あ・ら・か・る・とMENU”

"ゆうきシェフ"が織りなす軽妙なストーリーと
"酒井シェフ"の美麗なるイラストをお楽しみ下さい
鷹村《たかむら》亜弐《あに》
by
『まい♥はーと』
センチメンタルな恋の事件簿。ちょっぴり勝ち気な、幼なじみ風味。
天御門《あまみかど》玖実《くみ》
by
『コールド狂想曲《ラプソディ》』
天然系・美少女入りました。隠し味に"ネギ"を効かせて。
イプネフェル
by
『宴』
エキゾチックとエレガンスの完璧な調和。王女の宴は、上品な味わい。
アヌビス
イプネフェルの従者で、犬頭人身の神様。英国在住経験ありのジェントルマン。
←次ページよりBistro FARAOが、
極上の時をあなたに——!

イラストレーション／酒井ヒロヤス

あらかると・春のいち
スプリングパーティ

裏庭の方から聞こえた足音に、みーこのショートボブの黒髪から飛び出した白い猫耳は、彼女の意思に関係なく、くりっと動いた。

(ずいぶんと軽い足音やな)

誰かが夜の散歩に出たのかと思ったが、それは、主《あるじ》以下、御堂《みどう》の家に居候《いそうろう》をする誰の足音とも違うように聞こえた。

この家の敷地に、余所者《よそもの》が入り込むとは珍しい。

屋根瓦《がわら》の間から角《つの》のように飛び出した《太陽の船》の艫先《ともさき》で、みーこは体を起こした。巫女《みこ》装束《しょうぞく》の赤い袴《はかま》のおしりから生えた白い尻尾《しっぽ》がバランスを取ろうと艫をつかむ。

形のいい鼻を、ふんふんとひくつかせると、夜風に乗って流れてきた梅の花の香りに混じって、おかしな匂《にお》いを嗅《か》いだ。

——獣臭《けものくさ》い。

(アヌさん……やないな)

最初に頭に浮かんだのは、居候の犬神、アヌビスの姿だったが、それは彼の匂いとは明らかに違っていた。アヌビスのそれは、半分猫族の自分を畏怖《いふ》させるが、流れてきた匂いにはそうした感じはない。むしろ、

(なんか御主人様に、ちゅーしたみたいな気分や)

といった感じにさせてくれる、なんとも不思議な匂いだった。

マタタビを齧《かじ》った時の感じに似ている気もするが、あの酩酊《めいてい》感はなく、むしろ頭はすっきりとしている——体が火照《ほて》るのは同じだが。

「ねえ、あんた」

不意に下の方からそう声がして、みーこはハッとして、艫先に摑《つか》まったままそろそろと暗闇《くらやみ》を覗《のぞ》き込んだ。

真っ黒な影の中に、硝子玉《ガラスだま》が二つ、きらきらと光っている。

「あんた、この家に憑《つ》いてるの？」

男の子の声だった。声変わりをするかしないかの中性的な音だったが、女の子のそれとはすでに、なんとなく響き方が違っている。

「誰や？」

とみーこは聞いたが、相手が人でないことはわかっていた。自分や、妖狐《ようこ》である天御門玖実《あまみかどくみ》と同じ類《たぐい》の《物の怪《もののけ》》だ。

とはいえ、とりあえず女の子ではないとわかって、少しホッとしていた。少なくとも御主人様を狙《ねら》う輩《やから》が、また増えたわけではないらしい。

みーこの主人である御堂獏《ばく》は、のほほんとしていて優しい以外に特に取り得もないように見えるのに、《物の怪》に好かれやすい性質なのである。

ただでさえ多いライバルが、これ以上増えるのはごめんだった。

「へえ、虎猫《とらねこ》だ。めずらしいな」

硝子の瞳《ひとみ》をぱちくりとさせて、男の子は言った。

それを聞くと、みーこの尻尾が、ぶわ、とふくらんだ。

「誰が虎猫やの！　ウチのまっしろな尻尾と耳が見えん⁉」

「あ——ご、ごめん。そうじゃないんだ。関西の方から流れて来た猫のことを、虎猫、って呼ぶんだよ。……知らないの？」

「知らん。なんでや？」

「例外なく阪神《はんしん》ファンだから」

「…………」

「……あれ、ちがった？」

「ウチは、もうここに百年以上住んでるんやで？　プロ野球が始まったんはずーっと最近やんか」

「百年⁉　じゃあ、先輩かあ。でも、おかしいなあ……あんたの気配に気がついたのって、ついこの間だったんだけどな」

その理由なら、みーこにもわかった。

この前まで、御堂の屋敷の周辺には強力な結界が張られていたのだ。それが、前主人の御堂晩三郎《ばんざぶろう》が帰国した際に、一騒動あって壊れてしまったのである。

一応、同じ陰陽師《おんみようじ》である玖実が張り直しはしたが、完璧《かんぺき》に同じというわけにはいかなかったらしい。

「……なにもん？」

「あんたと同じだよ。——猫又《ねこまた》さ」

そう言うと、人の男の子の姿が月の光の下に現れた。

「にゃ！」

驚いて、みーこは思わず尻尾で目を隠していた。

なぜなら、その少年は、ほとんど裸だったからである！

ちょービキニの紐《ひも》パンツ程度の大きさの毛皮で、申し訳程度に股間《こかん》は隠されていたが、それは恥ずかしいからというよりも、保護のため、という感じだった。金のメッシュが入った髪の間からは猫耳が飛び出している。おしりの向こうでぱたりぱたりと地面を叩《たた》いている尻尾も虎縞《じま》だ。

「な、なんで裸にゃんよ！」

尻尾の下から覗きながら、みーこは怒ったように言った。

「なんでって……これが普通だけど？　あんたの方こそ、人間が見てるわけでもないのになんで服を着てるの？」

「な、なんでって……」

今度はみーこが困る番だった。

巫女の姿でいる理由など、深く考えたこともなかった。元々、半分は人だったみーこにとって、服を着ていることがあたりまえだったからだ。

だが、猫は服など着ない。その彼らが化ければ、裸なのがあたりまえなのかもしれない。

「ま、いいや」

答えられずにいると、少年は待つのに飽《あ》きたのか、あっさりとそう言った。

「それより降りてこない？」

「そこへ？」

「うん」

とりあえず危険な感じはしなかった。

みーこはひらりと艫先から跳ぶと、くるりと二回転して、音もなく裏庭に着地した。

屋根の上で嗅いだ獣の臭《にお》いが、急に強くなった。けれどそれは少しも不快ではなく、むしろどこか甘かった。

こうして目の前に立ってみると、少年の背丈はみーことほとんど変わらなかった。顔立ちも子供っぽく、御主人様であるという贔屓目《ひいきめ》を引いても、貘の方がずっと格好いい。なのに——

(な、なんで、急に胸がドキドキするんや……?)

理由もなく、頬《ほお》が熱くなるのを感じた。きっと赤くなっているに違いない。

彼は牙《きば》を剝《む》くようにして、ニッと少年らしく笑みを浮かべた。

胸に、ずきゅん、ときた。

全体のピントがぼやけ、少年の周りでは星がきらきらと輝いた。頭がぼうっとなって、危うく倒れそうになったところを、彼に支えられた。

けっして逞《たくま》しくはない裸の胸に抱きとめられると、マタタビのような獣じみた香りがより一層強くなって、体の奥の方がうずうずした。

自分でもわけがわからないうちに、みーこは上気した顔を上げて潤《うる》んだ瞳で少年を見つめていた。すると彼は、照れた様子で、みーこを押すようにして少し離れた。

夜風が、二人の間の香りを散らした。

（あれ？）

不思議なことに匂いが薄まると、彼の魅力も幻《まぼろし》のように捉《とら》えどころがなくなった。目の前にいるのは、どうということもないただの猫又の少年だ。

（なんやったんやろ、いまの）

さっぱりわからない。みーこは首を捻《ひね》った。そんな彼女の内心に気づく様子もなく、

「今日はこれを渡しに来たんだ」

少年は髪の毛の間から一通の封書を出すと（どうやってしまっていたかは不明）、みーこに差し出した。

表にも裏にも何も書いておらず、糊付《のりづ》けされていない封を開くと、一枚のカードが入っていた。引き出してみると、そこには、

『大集会のお知らせ』

と最初にあって、

『新たに仲間入りした若者の御披露目《おひろめ》もかねて、満月の夜、午前二時より大集会を行います。皆様、ふるってご参加ください。今年の開催場所は『珠原井神社《たまはらいじんじゃ》』ですが、安全は確認されております』

と書かれていた。

「これ、なんや?」

「書いてある通りだよ。全国の猫又が集まる、年に一度の大集会のお知らせ。今年はオレが幹事なんだけど、あんたのことに気がついたのって、ついこの前だったから、慌《あわ》ててこうして誘いにきたってわけ」

「集会、って……猫又って、そんなにおるん?」

「そんなにはいないよ。全国で三十匹くらいかな? その皆が、年に一度集まって、無事を祝うってわけ——今まで、出たことないの?」

みーこは頷《うなず》いた。

そんな催しが行われていたこと自体、御堂の家に憑《つ》く前にも全然知らなかった。京都《きょうと》は門外

だったのだろうか？

「へー、不思議だね。——だったら、ぜひ来てよ。オレたちは、普段一人きりだろ？　年に一度でも仲間と会えるのは、楽しいよ」

「ウチ、別に一人やないよ」

「あんたが憑いてる人間のことを言ってるの？　連中は本当の意味の仲間じゃないよ。からかって遊ぶには楽しいけどさ」

「ウチは、御主人様をからかったりせえへんもん」

「御主人様、って……もしかしてまだ人間に飼われてるの？」

「飼われてるんちゃう。護《まも》ってるんや」

「ふうん……変わってるね。——ま、いいや。とにかくおいでよ」

少年はそう言うと、とん、と地面を蹴《け》って飛び上がり、一跳びで塀《へい》の上に立った。

「待ってるよ。——オレはコヅチ。君は？」

「みーこ」

「じゃあ、みーこ。明日、満月の下で」

そう言うと少年は、どろん、と寅縞の猫に変化《へんげ》して、塀の向こうへ、夜の中へと飛び込んで見えなくなってしまった。

みーこは手の中に残った案内状に目を落とした。

（よう考えたら、おんなじ《怪《かい》》に会うの、初めてやったんやん……）

一人になってから、いまさらながらにそのことに気がついて、みーこはもっと話をすればよかったと後悔した。

もっとたくさんの仲間がいる、とコヅチは言っていた。

会えるものなら会ってみたいという思いが、むくむくと頭を持ちあげてくる。

けれど、そんなことが許されるのだろうか？

この国の《怪》を減らし続けてきたのは、他ならぬ自分の仕える御堂一族なのだ。

（御主人様に相談してみよ）

迷った時は、そうするのが一番だった。

みーこはくるりと踵《きびす》を返すと、パタパタと草履《ぞうり》を鳴らして家の中へと戻っていった。


「うーん……」

案内状を手に、リビングで御堂獏は唸《うな》った。上半身は裸である。豪華な衿飾《えりかざ》りだけをつけ、あとは腰に布を巻いた、古代エジプト人のコスプレ中だった。

といっても彼の意思ではなく、強制的にやらされているのではあるが。

「猫又の集会かあ……。ひとりで行かせるのは心配だなあ」

「どうして？」

肩越しに覗き込むようにしていた、幼なじみの鷹村亜弐《たかむらあに》の声がすぐ耳元でした。お風呂《ふろ》上がりのパジャマ姿の、濡《ぬ》れたショートカットの髪からシャンプーが香る。眼鏡《めがね》越しに、ちろ、と見ると、少し上気した横顔が至近距離にあって、獏は少しだけ顔を赤くした。

すると、テーブルの向こうで怒りのオーラが膨《ふく》れ上がった。

「そこ！　離れぬか！」

がたん、と椅子《いす》を鳴らしてイプネフェルが立ち上がった。

カラシリスという肌が透《す》けて見えるほど薄い布の向こうで、Fカップはあろうかというチョコレート色の胸が、ふるん、と揺れた。青くアイラインを引いたアーモンドの形の瞳は怒りに吊《つ》り上がっている。

イプネフェルも、獏と同じ様な衿飾りをつけた古代エジプトの女王の格好だが、こちらはコスプレではない。

彼女はウラエウスという古代エジプトの蛇神《へびがみ》に転生《てんしょう》した、三千三百三十三年と十七年前の、エジプトの王女なのだ。

「なによ、いいでしょ別に」

言うなり亜弐は背中から獏に抱きつくようにすると、ぺと、と頬を彼の頬にくっつけた。

「ひゃ」

「獏、いい気持ち？　ほーら、すりすり」

「あ、亜弐ちゃん、ダメだよそんな……」

頬の感触より何より、背中にむにむにと押し付けられた小振りの胸の感触の方が気になって、獏は思わず前屈《まえかが》みになってしまう。

「き・さ・ま」

イプネフェルの額《ひたい》で黄金コブラの飾りがシャーっと唸り、黒い瞳は爛々《らんらん》と輝いて、奥に血の輝きが揺れた。

「おっと」

亜弐は首から下げた護符《ごふ》を出すと、それを突き出して見せた。

うっ、とイプネフェルが怯《ひる》む。

「へへーん。あんたの天敵・唯一神《ゆいいっしん》アテンのアンクがあれば、あんたの《呪《のろ》い》なんかこわくないわよーだ」

「……ほう」

ぶち、とイプネフェルの、とても切れやすい堪忍袋《かんにんぶくろ》の緒《お》が切れた音を、獏は確かに聞いた。

「なら、力ずくじゃ！」

一跳びでテーブルを飛び越えて、イプネフェルは亜弐に（獏に）躍りかかった！

「わあ！」

「いたっ！」

組み付かれ、椅子ごと派手な音を立てて倒れてしまった。膝《ひざ》に乗っていたみーこは、素早く飛び退《の》いて難を逃れていた。

「わらわの奴隷《どれい》から離れぬか！」

「あんたこそ離れなさいよっ！」

むにむにと、大きさの違う胸がひっきりなしに、顔に、体に押し付けられて、獏は鼻血を噴きそうだった。

「ア、アヌさーん、助けてくださいよー！」

獏はイプネフェルの席の隣に座っている、犬頭人身《けんとうじんしん》の古代エジプトの神・アヌビス神に瓜二《うりふた》つの犬神に助けを求めた。

彼は黒犬の長い口で器用に紅茶を飲んでいたが、逞しい褐色《かっしょく》の肌の肩を竦《すく》めた。

「スキンシップは大事ですよ」

「そ、そういう問題じゃあ……うぷっ」

突然、イプネフェルと同じくらい大きな胸に、獏は口を塞《ふさ》がれてしまった。目を上げると、黒い狩衣《かりぎぬ》姿の純和風美人——天御門玖実が、細い瞳で獏を見下ろしながら、胸を押し付けてきていた。

「わたくしも……」

何が、わたくしも、なのか知らないが、真っ白な頬がほんのりと桃色に染まっている。

「ち、ちょっと、玖実！　離れなさいよ！」

「そうじゃ！　どけ、狐《きつね》！」

「獏様は、わたくしの許婚《いいなずけ》ですわ。最初の伽《とぎ》の権利はわたくしにあります」

むに。

「勝手なこと言うなっ！」

ぷに。

「バクはわらわの奴隷じゃ！　わらわのものを、貴様らがどうこうする権利はないっ！」

むにゅ。

入れ替り立ち替り抱きしめられて、獏は昇天してしまいそうだった。

その、ずれた眼鏡の視界の端に。

（みーこ！）

巫女姿の少女が、しょんぼりと猫耳をたらしているのが目に入って、獏はなけなしの勇気を奮《ふる》った。

「い、い、いいかげんにしてくださーい!!」

ぐわば、と両手を突き上げるようにすると、三人の少女はいとも簡単に振りほどかれて、リビングの床にぺたりと尻餅《しりもち》をついた。

「今は、みーこの話を聞いてたんですから、ちょっと大人しくしててください！」

　獏が裏返りそうな声でそう言うと、

「う……わかった……」

「ごめん……」

「申し訳ありません……」

　三人は、しゅんとなってしまった。

　なんだか自分がものすごい極悪人になったような気分だったが、今は優しい言葉をかけたくなるのを我慢《がまん》した。

　案内状を持ったみーこを抱きかかえて後ろ向きに膝の上に乗せて、猫耳の間の頭を撫《な》でてやると、羨《うらや》ましそうな視線がちくちくと突き刺さった。

　それに耐えて、獏は案内状をもう一度手にすると、

「みーこは行きたいの？」

と訊《き》いた。

　小さな頭がこっくりと頷いた。

「ウチ、他の猫又と会うの初めてやったし、ちゃんと話してみたいんや」

「でも、この国の《怪》にしてみれば、御堂家は仇《かたき》みたいなもんだろうからなあ。もし、みーこが家《うち》の猫だって知られたら……心配だよ」

　小さな頭がうつむく。細いうなじが悲しそうだった。

「アヌさん、なんかいい知恵ありませんか？」

アヌビスは紅茶を置くと、犬っぽい仕草で首を傾《かし》げた。

「……とりあえず、皆で行ってみるというのはどうですか？　参加を許されるかどうかはわかりませんが、それで駄目なら諦《あきら》めるというのでは？」

それは名案だった。

猫又が三十匹だろうと、神であるイプネフェルとアヌビス、大妖怪《だいようかい》・九尾《きゅうび》ノ狐《きつね》の玖実がいれば安全だろう。

「そうする？　みーこ」

「ええんですか……？」

「僕も興味があるからね。みーこがそれでよければ、一緒に行こうか？」

「はい！——御主人様、大好きや！」

素早く振り返り、みーこは獏の首にぎゅっとしがみついた。

あっ、という三つの声が、綺麗《きれい》にハモった。

翌日の夜、満月の下の珠原井神社で。

「うわっ！」

ずらりと現れた一行を見て、コヅチという猫又は五ｍも飛び上がって、神社の大木のひとつ

の枝にぶら下がった。暗闇《くらやみ》の中で、硝子玉《ガラスだま》のような目が光っている。

少年を見上げてイプネフェルたちは、

「裸だな」

「やだ、もう……」

「裸ですね」

と呟《つぶや》いた。コヅチの虎縞《じま》の尻尾《しっぽ》は膨《ふく》らんでいる。

「な、なんだよ、あんたたち！」

「えーと……僕らは、みーこの保護者……かな？　できたら、集会に一緒に参加させて欲しいんだけど……」

「……あんたたちを？」

「うん」

「駄目、っていったら、みーこは参加しないの？」

ショートボブの頭が、こっくりと頷《うなず》く。

「……ちぇ。しょうがないな」

コヅチは猫らしい身軽さで枝から下りると、少し離れた場所に立って獏たちを見回した。

「あんたとあんた」

やけに爪《つめ》の長い指が、アヌビスと玖実を指した。

「二人は駄目だ。いくらなんでもイヌ科の連中を集会に入れるわけにはいかない。妖怪になったって猫は猫だからね。——みーこは、よく平気だな」

「慣れやね」

「ふうん……慣れるもんなのか」

コヅチは不思議そうだった。

「あとの連中はいいよ。オレが幹事だから、特別に参加させてやる。ただし、そのままの格好じゃ駄目だ」

「どうすればいいのかな？」

「脱げ」

「えっ⁉」

「服を脱いで裸になるんだ。そんな人間臭い物着てたら、すぐにバレるだろ？　参加するなら猫又に化けてもらわなきゃ」

「あの……僕らはそんな器用なこと出来ないけど……」

「そんなことわかってるよ。別に本当に化けろって言ってるわけじゃないさ。それらしくさせてやる、って言ってるんだ——嫌なら諦めてもらうしかないな」

獏はみーこを見た。すがるような大きな瞳《ひとみ》に見つめられては、嫌とはいえなかった。

「わ、わかった」

「ちょっ――あたしは、嫌よ！」

亜弐は春物のシャツの前を押さえるようにした。

「外で裸になるなんて、変態みたいじゃない！　誰かに見られたらどうするのよ！」

「ふふん。無理についてこなくてもよいぞ、アニー。わらわは、ちっとも恥ずかしいことなどない！」

不敵に微笑《ほほえ》んで、イプネフェルは一瞬でカラシリスを脱ぎ捨てた。夜にも滑《なめ》らかなチョコレート色の肌があらわになる。

獏は、まともに見てしまう前に慌《あわ》てて後ろを向いた。服や装飾品は、地面に落ちる前に素早くアヌビスが回収する。

「おまえは狐とともにここで待つがいい。猫は集会とやらで忙しいじゃろうから、わらわはバクとラブラブしてこようぞ」

「うー……」

亜弐は、挑戦的なアーモンド形の瞳に見つめられて唸《うな》ると、大きく息を吸い込んで、それから猛然とシャツのボタンを外して、ばっと脱いだ。Aカップ（縮んだ……）のブラを外して放り捨て、ズボンごとショーツを一気に下ろしてこれも投げた。

アヌビスがキャッチして一瞬にして畳《たた》む。

亜弐は靴下を脱いで靴の中に丸めて突っ込むと、手で胸のふくらみと足の付け根の翳《かげ》りを隠しながら、挑むようにイプネフェルをにらみつけた。

「……誰が、獏と二人きりになんかさせるもんですか」

「ふん、おもしろい」

火花が散る。それを残念そうに玖実が見ていた——参加したいのだろう。亜弐とイプネフェルの目が、じろりと獏を向いた。

「獏も、早く脱ぎなさいよねっ！」

「そうじゃ。さっさとせい」

こんな時だけ息がピッタリである。

「わ、わかりました……」

逆らっても無駄《むだ》である。獏は観念して眼鏡《めがね》だけを残して裸になった。脱いだ服は二人のようには放らず、自分で畳んで靴の上に置いた。

「よし、じゃあ——」

コヅチは準備ができたと見ると、樹《き》の枝を三つほど折った。少年がそれを一振りすると、枝はたちまちカチューシャになった。ただし、ただのカチューシャではない。どれにも立派な《猫耳》が付いている。

「これをつけてよ」

「な、なにこれ……」

と言ったのは亜弐。

「なにって猫耳だよ。尻尾は……ない奴《やつ》も意外といるからいいとして、あとはオレが匂《にお》いをつければおわり」

「匂いつけ⁉　ま、まさか……おしっこ……？」

亜弐の顔が引きつった。いくらなんでもそれは——

コヅチは、なに言ってんの、という顔をした。

「マーキングしてどうすんのさ。オレと背中を擦《す》り合わせるんだよ。そうすれば、少しは猫らしくなる」

「な、なんだ……」

亜弐は安堵《あんど》した表情になった。その頭にすっぽりと、猫耳つきカチューシャがコヅチによってはめられた。

自分の体を隠すつもりなどまったくないイプネフェルは、コヅチから受けとった猫耳を自分でつけ、獏に見せびらかすようにした。

「どうじゃ？　なにやらバステトになったような気分じゃ」

バステト、とは猫の姿をした古代エジプトの女神のことだ。

「似合うか？」

「は、はい」

そう言った獏の頭にも、すでに猫耳がついて揺れていた。

「ん？　なにを縮こまっておるのじゃ？　もっと堂々とせぬか」

「あ、いや、でも、それは、ちょっと」

「ええい、問答無用じゃ！　わらわの奴隷なら、ピシッと背筋を伸ばさぬか、背筋を！」

イプネフェルに腕を取られ、獏は無理矢理バンザイさせられてしまった。

「きゃっ！」

と亜弐が悲鳴を上げて、慌てて背を向けた。

「なんじゃ、そういうことか」

「……はい」

しくしく、と獏は答えた。

「えっち」

ぽつり、と亜弐が呟いて、それは木々の間に吸い込まれて消えた。

なにかこう、後ろ髪を引っ張られるような感覚があって、それを抜けると目の前にはさっきと変わらない神社の裏手の広場があった。

だが、さっきまでは誰もいなかったはずなのに、そこにはコヅチと同じ様なほとんど全裸の人の姿をした猫又たちが集まって、互いに挨拶《あいさつ》を交わしていた。

「わあ……」

みーこは嬉《うれ》しそうに尻尾をくねらせた。

「結界が張ってあるようじゃな」

ぐるりと見回してイプネフェルが言った。

「それで、さっきは見えなかったんですか？　……大丈夫ですか？」

「なにがじゃ？　この程度の結界、わらわにとっては薄紙とおなじじゃ。案ずるな」

そんなことを小声で話していると、コヅチが二匹の猫又を連れて戻ってきた。あまり年を取ったのはいない。御堂と天御門で狩ってしまったせいかもしれない。

「紹介するよ。この地区の猫又のみーこと、その友達」

「よ、よろしゅうおねがいします」

みーこはぺこりと頭を下げた。

腕で体を隠すようにしている獏と亜弐も同じようにした。ただひとり、イプネフェルだけは逆に反《そ》り返ったが……これはまあ、性格であるから仕方ない。

「虎猫？」

猫耳と尻尾に黒いぶちがある若い女性の猫又が言って、コヅチは手を振った。

「違うって」

「ふうん……それにしても子供ね」

「なんで巫女《みこ》の姿をしてるんだ？　この神社に憑《つ》いている猫か？」

と今度は男の猫又が訊いた。

「人に飼われてるんだってさ。だからだよ。最近は猫に服を着せる人間も増えただろ？」

「ふうん……それに付き合ってあげてるの。奇特ねえ」

「そうだな。七代祟《たた》ることはあっても自由なのが猫だ。変わってる」

「ほんとね。……わたし、狭山《さやま》のリョクチャ」

「俺は新潟《にいがた》のタワラだ」

出された手を慌《あわ》てた様子でみーこは握った。二人のそれは大きく、そして柔らかかった。

「人間臭いのは、人に飼われてるからかしら」

「だろうな」

二人はそんなことを言いながら、後はみーこには目もくれずに自分たちの席の方へと戻っていった。別に無愛想《ぶあいそう》なわけではなく、あまり目を合わせないのが礼儀なのだ。犬もそうだが、目を逸《そ》らすことが敵意のない証《あかし》なのだ。

それからも、次々とコヅチは他の猫又を連れてきては挨拶《あいさつ》をさせた。

全員が終わるころには、イプネフェルはすっかり飽きてご機嫌斜めだったが、コヅチが料理を持ってくると、それも少しは直った。

巨大な葉っぱにのせられて置かれたのは、どうやら鳥だったが、それはまったく生だった。

「これをどうしろっていうの？」

ちくちくする草の上に体育座りをした亜弐が少し顔を青くして訊くと、コヅチは羽根をきれいに毟《むし》った小鳥をつまみ、そのまま口の中に放り込んでバリバリと食べた。そうしてニヤリと笑うと、少年の口からは血が、つう、と流れた。

亜弐と獏はそれを見て目を廻《まわ》しそうになったが、イプネフェルとみーこは平気な様子だった。

コヅチは手の甲で、ぐい、と口を拭《ぬぐ》った。

「まあ、集会とかっていっても、さっきの挨拶《あいさつ》がすんじゃえば、あとは宴会みたいなもんだからさ。気ままにやっててよ。——はい、これ」

大きな壺《つぼ》をどこからか出すと、獏たちの前に置く。

「マタタビ酒。あんまり呑《の》みすぎると、腰が抜けるから気をつけて。そんなことになったら、最後のお楽しみがなくなっちゃうからさ」

少年は、みーこに向かって意味ありげに片目をつぶって見せると、楽しげに尻尾を振りながら仲間たちの方へと歩いていった。

「みーこは行かなくていいの？」

やっぱり体育座りの獏が、隣に足を投げ出して座っているみーこにそう訊くと、彼女はショートボブの頭を傾《かし》げ、それから、少し寂《さび》しげに微笑んだ。

「わかっちゃったんですけど、なんや、やっぱり少しちゃうみたいなんです」

「違う？」

「はい。ウチが純粋な猫又やないからかな？　胸の奥の方で、ちゃうねん、って声が聞こえるんです」

みーこは元々山間《やまあい》の村の巫女だった。それがある年、山ノ神に生贄《いけにえ》として捧《ささ》げられて、その魂《たましい》が可愛《かわい》がっていた飼い猫の体に宿ってその猫の魂と融合し、《怪》となったのだ。意識もより人に近い。

「あたりまえであろうが」

イプネフェルは、生の卵をひとつつまみあげて口の上で片手で器用に殻《から》を割り、それをつるりと飲み込んでから、鼻を、ふん、と鳴らした。

「わらわを見よ。わらわはただひとりわらわじゃ。同じやつなどいてたまるものか。それをなぜ残念がらねばならぬ。わらわはわらわだけで尊《とうと》い！」

でん、と胸を張ると、チョコレートプリンの胸が大きく、ぷるん、と揺れた。

あちこちに視線を動かしつつも、ついつい見てしまいながら、獏は、ははは、と笑ってますます体育座りになった。

「あんたはそうでしょうよ」

亜弐がじとっとした目で妬《ねた》ましいほどに大きい胸を見て言った。

「でも、みーは、あんたとは違うの」

「そうか？　わらわはいまここに古代エジプトの民《たみ》が現れて、共に行こう、と誘われたとしても行かぬぞ。なにしろここにはバクがおるからな。今のわらわには、バクの方が大事じゃ――猫、アニー、おまえたちは違うのか？」

ナイルの青でラインを引いた黒い瞳《ひとみ》で、イプネフェルは真《ま》っ直《す》ぐに言った。

亜弐は、うっと詰まり、

「あ、あたしだって……」

と呟《つぶや》くと、あとはモゴモゴと聞こえなかった。

「なにしろ、こんなにわらわの奴隷にぴったりな素質のある人間はめったにおらん。また一から探し出して調教しなおすのは面倒じゃ」

「それが理由っ⁉」

亜弐は噛《か》み付くように返した。

だが、イプネフェルのそれはなんとなく照れ隠しのように獏には思えた――いや、そう思いたかっただけなのかもしれないが――そうであったら嬉しい、と思った。

「そやね」

ふうっ、とみーこは息をついた。

「なんで寂しいなんて思うたんやろ。ウチには御主人様がおるのに」

「来なければよかった？」

獏が訊《き》くと、みーこは首を振った。

「来てよかったです！　猫又がまだまだこんなにいるんや、ってこともわかったし、ウチにはやっぱり御主人様が一番や、ってわかったし」

「うむ。成長したな、猫。まあ呑め」

そう言ってイプネフェルは、みーこの前にずいと木で出来た椀《わん》を突き出した。中には、いつの間に開けたのか、マタタビ酒がなみなみと入っている。

よく見れば、イプネフェルの顔は少し赤いではないか！

「……イプ様、実は、呑んでたんですね」

「なかなか美味《うま》いぞ。おまえたちも呑め」

「いえ……僕と亜弐ちゃんは未成年だから遠慮します。みーこも止《や》めておいた方が——」

「んくっんくっんくっ」

「って、呑んでるし……」

「ぷはあっ！」

おやじくさく、みーこは椀の中身を呑み干した。

獏は頭が痛くなった。この二人の酒癖《さけぐせ》の悪いことは、京都にいったときに体験済みだったからだ。二人が完全に酔っ払ったあとのことを思ってため息をついたとき、妙に艶《なまめ》かしい声が聞こえてきて、獏はぎょっとした。

「ちょっ……やだ……なに、これ……」

亜武は呑んでもいないのに、周りで始まったとんでもない光景に顔を赤くした。

それは、獏も同じだった。

あちこちで、熱烈なラブシーンが始まっている！

一番最初に挨拶に来たリョクチャとタワラは、早くも丈の高い草叢《くさむら》に倒れこんでかくかくと動いている！

気がつけばふらふらとした足取りで、何匹かの猫又が周りを囲むようにして近づいて来つつあった。男も女もいる。その中には、あのコヅチの姿も見える。酔っているのか、目はとろんとして焦点が合っていない。その少年が、手を伸ばすようにした。

「さあ、楽しもうよ。もう皆、あんたたちが何でも気にしないよ。今夜だけは獣に戻って存分に楽しもう。オレ、あんたのこと、一目見て気に入ったんだ」

伸ばされた手の先にはみーこの姿があった。だが、うとうとしているのか、反応がない。

「ち、ちょっとまって」

その間に、まだ手で股間《こかん》を隠したまま、獏が立ちはだかった。

「あの……みーこには、そういうことってまだ早いと思うんだ」

「早いって、猫又になるくらい生きてるんなら、そんなのとっくに経験済みだろ？　今夜のオ

レの相手は彼女だ、って決めてたんだ。邪魔《じゃま》はさせないよ」

コヅチが言うと、黒い尻尾の女の猫又が素早く獏に駆け寄って押し倒した。

「獏っ——あっ！」

助けようと手を伸ばした亜弐には、二匹の男の猫又が絡《から》みついた。じたばたと暴れるも、力の差がありすぎる。たちまち組み伏せられてしまい、腕を引《ひ》き剝《は》がされてしまった。ぷる、と胸が剝《む》き出《だ》しになってしまう。

「ちょっ……やだっ！　あっ！　そんなとこ……んっ……きゃーっ！」

「——あんたは？　邪魔する？」

コヅチは、三人の猫又にちょっかいを出されても、一向に気にすることなく一人黙々と杯を重ねるイプネフェルを見た。

「ふん……別に、どうでもよい——よいがな。……いったい、誰の許しを得て——わらわの肌に触れておるかっ!!」

彼女が吼《ほ》えた途端、まるで電撃にでも打たれたように、彼女に絡みついていた三匹の猫又は弾き飛ばされ、そのまま転がって気を失った。

「貴様らもじゃ!!」

イプネフェルは腕を一振りした。

すると、まったく届いていないのに、獏と亜弐を押し倒していた猫又たちは、強風に吹き飛ばされたかのように転がって、木の根元やら仲間やらにぶつかった。

「そやつらは、わらわのものじゃ……ひっく……勝手な真似《まね》は許さん……ひっく……」

それまでの、なにやらピンクっぽい雰囲気《ふんいき》は一気に霧散《むさん》した。

猫又たちは《怪》としての本性を剝き出しにしはじめた。爪《つめ》が伸び、口が耳まで裂けていく。

「きゃっ！」

その恐ろしい様子に、亜武は自分が裸であることも忘れて獏にしがみつき、獏もそんな彼女をぎゅっと抱きしめた。

「《宴《うたげ》》を台無しにした」

「許さん」

「八つ裂きだ。八つ裂きにしてやる」

「骨も残さず頭から食ってやる」

イプネフェルはゆっくりと立ち上がると、彼らをねめつけるように見回した。手にしていた椀の中身をぐいと呑み干し、すう、と大きく息を吸い、そして――

「インプ！」

轟《とどろ》くように叫んだ。

応《こた》えはすぐにあった！　結界を薄紙の如《ごと》く破り、黄金の瞳の黒犬が《宴》の只中《ただなか》に飛び込んできて、イプネフェルの前に立つ！

「犬だ！」

と上がった声は、ほとんど悲鳴だった。

アヌビスは四本の足で大地をしっかりと踏みしめると、胸を大きく膨らませ、そして、

「ワン!!」

と吼《ほ》えた。

途端、猫又たちは、きゃー、と悲鳴を上げて散り散りに逃げ出し、あっという間に見えなくなってしまった。

「……ふん」

イプネフェルはもう一度鼻を鳴らすと、いつまでも亜弐と裸で抱き合っている獏に目掛けて椀を投げつけた。

「あたっ！」

それは見事に命中して、獏の猫耳を地面に落とした。すると、たちまち猫耳はただの樹の枝に戻ってしまった。

その横で。

みーこは、騒ぎも知らず、草の上に大の字になって穏やかな寝息を立てていた。

欠け始めた月を、みーこは見上げていた。

酔っ払ってしまった後のことは、イプネフェルから全部聞いた。あんなことになった理由については、

「発情期だったのであろ？」

とイプネフェルは言ったが、つまりは、そういうことだったのだろう。

みーこも半分猫だからわかった。

コヅチに感じたドキドキは、それが理由だったのだ。

あんな風に終わってしまって、もうあの猫又たちと会えないかもしれないと思うと残念だったが、寂しくはなかった。

イプネフェルの言った通り、ここには皆がいてくれる。

「みーこ、ごはんできたよー！」

獏の声が聞こえて、みーこはすっくと立ち上がった。

洋風ねこまんまの匂いを嗅《か》ぎつけて、おなかが、くー、と鳴った――その鼻先に。

ひらり。

一枚の大きな葉っぱが舞い降りてきて、みーこは素早く捕まえた。ちょっと爪を出してしまって穴が開いたが、台無しにはならなかった。

それは、あまり綺麗とはいえない字の手紙だった。

みーこは月明かりの下で読んだ。

『昨日はごめん。ちゃんと《決まり》を説明しておけばよかったね。ちょっと、みんな暴走しちゃったのは、マタタビ酒の仕込みが悪かったからみたいなんだ。よかったら、また来年も参加して欲しいな。——コヅチ』

少年の顔が見えるようだった。

みーこは猩に見せるために、それを衿《えり》の合わせに忍び込ませた。

「みーこー！」

「はーい！」

大きな声で返事をして、みーこはひらりと飛び降りた。

屋根の下では、大事な大事な御主人様とおいしいご飯、それに——みんなが待っている。

あらかると・春の、に
ラブ♥ドッグ

御堂《みどう》獏《ばく》は、げんなりしていた。

門を挟《はさ》んだ向こう側に立つ、近所に住んでいるというおばさんのおしゃべりは、いつまでたっても止まりそうにない。

話の内容が腸《ちょう》が捩《よじ》れて千切《ちぎ》れてしまうほど面白いとか、横隔膜《おうかくまく》が痙攣《けいれん》して、うひっ、うひっ、としか声が出なくなるとかならいいのだが、少しぼってりとした唇《くちびる》から出てくる言葉といえば、ほとんどが愚痴《ぐち》だった。

旦那《だんな》がリストラされたとか。

門の前に犬が糞《ふん》をして、飼い主が片付けないとか。

体重が落ちないとか。

娘に『うるせえババア』と言われたとか。

はっきり言って、獏には何の関係もない。その上、おばさんからは『わたしが一番不幸なのよ！』オーラがこれでもかと滲《にじ》み出ていて、そうした人の陰《いん》の気にあてられやすい獏にとってこれは、やんわりとした拷問《ごうもん》に等しかった。

「それで、あの……一体、何の御用なんですか？」

おばさんが息をついたところで、ようやく口を挟むことが出来た。

すると彼女は、なにを聞いていたんだ、という顔をした。

不条理である。

「ですからね、こちらでも犬を飼われているということでしたら、きちんと参加していただかなくては困るんですよ。秋の時にもおいでにならなかったようですし？　そのあと獣医さんの所でもお注射受けていないのでしょう？　あなたはそれでいいかもしれませんけど、もし、もしですよ？　お宅の犬が誰か人を噛《か》んだらどうするんです？　そういうことがないとは言い切れないでしょう？　よくいるんですけどね、絶対、とか、大丈夫、とか言う人が。そういうお宅の犬にかぎって通学途中の子供を噛んだり、徘徊《はいかい》しているお年寄りに襲い掛かったり、買い物帰りの女性に飛び掛かってせっかくタイムセールで買った一〇〇g百五十円の特選和牛のパックを咥《くわ》えて逃げていったりするんですよ！　許せない！」

なにか嫌なことを思い出したのか、おばさんは肉まんくらいある拳《こぶし》をプルプル震わせた。

その時、遠くで珠原井《たまはらい》市の広報課が行っている『もうお家《うち》に帰りましょう』放送が聞こえてきて、おばさんは目を丸くした。

「あら、もうこんな時間⁉　なんてことかしら！　無駄話《むだばなし》をしちゃったわ！――じゃあ、はい！　必ず来てくださいね。いいですね？　もし来なかったら、今度は保健所に通報しますからね！　ああもう、まだ回ってない家がたくさんあるっていうのに、もう！」

おばさんは、獏の手に一枚のチラシを押し付けると、踵《きびす》を返してどすどすと隣の家に向かって歩いていった。

「はあ……」

どっと疲れて、ポストの横に立つオベリスクに寄りかかった。

そこには、日本語と英語とヒエログリフで《エジプト王国・聖統第三十一王朝》と刻まれている。要するに、ここはエジプト王国の領土である、という宣言碑文《ひぶん》だ。

「なにしてんの、貘?」

その声に顔を上げると、幼なじみで同居人の鷹村亜弐《たかむらあに》が立っていた。

ミニスカートに紺のブレザーという珠《たま》ヶ咲《さき》学園の制服姿で、肩には弓道着などが入ったスポーツバッグをかけている。

「いや、いま近所のおばさんだっていう人につかまっちゃってさ」

「さっきすれちがったけど、太伊《ふとい》さんかな?」

「名前は知らないけど、チラシを山のように抱えてたよ」

「じゃあそうだわ。そりゃ災難だったわね。あのおばさん、話が長いんで有名なんだから。一度なんか、スーパー『富士号《ふじごう》』のレジで、バイトの女の子相手に三十分も一方的に話をして、最後には警備員につまみ出されたそうよ。――で、なんの用だったの?」

「犬がどうとかこうとか……」

貘は、押し付けられたチラシを開いて見た。そこには、

『春の狂犬病その他予防接種のお知らせ』

と太い文字で書かれていた。

「予防接種ですか？」

エプロンを外しながら、犬頭人身《けんとうじんしん》のアヌビスは訊《き》いた。首から下げるシンプルなタイプのその下は、豪華な衿飾《えりかざ》りと腰に布を巻いただけの、ピラミッドの壁の絵から抜け出してきたような、古代エジプト人の格好である。

名前の通り、彼は古代エジプトの犬神《アヌビス》の眷属《けんぞく》だ。

——なぜか、いつもはピンと立っている耳が後ろに寝ている。

「うん。一応、アヌさんは御堂の家で飼ってる大型犬、ってことで市の方には届出をしてあるから、義務なんだ」

チラシをテーブルの上において、獏は答えた。

「義務、ですか……」

「インプは病気などせぬぞ」

ずう、と淹《い》れたてのアールグレイを飲んで、イプネフェルが言った。

古代エジプトでよく身につけられていた極薄のカラシリスの向こうで、大きなチョコレート色の胸が喉《のど》の動きに合わせて、ふるん、と揺れた。

黒い髪を細かく編んで黄金の飾りでまとめ、額にコブラの飾りのついたサークレットをはめた姿は、古代エジプトの王族の女性の服装である。

アヌビスと同じく、古代エジプトの蛇女神《へびめがみ》《ウラエウス》の化身であるイプネフェルにとってはこれが普通の格好だ。

裸同然でうろつくな！　と亜弐はいつも言うのだが、聞く耳などまったくもたないイプネフエルである。

「そうかもしれないんですけど、いろいろとうるさいんですよ」

困ったように獏が言うと、イプネフェルは鼻を鳴らした。

「勝手に言わせておけばよかろう」

「そうもいかないんです。来なかったら、保健所に通報するとか言ってたし」

「保健所とはなんじゃ？」

「野良犬や野良猫を捕まえる役所のことです」

それを聞くと、獏の隣の椅子《いす》に座って両手でカップを抱えるようにしてホットミルクを飲んでいた巫女《みこ》姿のみーこの目が、猫のように、きゅっと縦に割れた。

「ウチもつかまるん？」

「みーこは野良じゃないから大丈夫だよ。そんなに敷地の外に出ることもあまりないし」

「注射は？　ウチもするん？」

「えーと……」

獏はチラシをもう一度読んだ。

「猫については特に何も書かれてないなあ」

それを聞くとみーこは、本マグロの極上品を丸ごと一匹あげる、と言われたかのように幸せな顔をした。

「よかったわあ……ウチ、注射きらいやねん」

「好きな奴《やつ》なんかいませんよ」

唸《うな》るように言ったのは、驚いたことにアヌビスだった。まだ耳は寝たままである。

「ひょっとしてアヌさん……注射、苦手なんですか？」

意外そうに亜弐が言うと、アヌビスの犬の口が少しへの字になった。

「……苦手です。あの白いコートを着た連中は、痛いことがわかっていながら、飼い主には痛くないと嘘《うそ》を言い、我々を押さえつけさせ、ひどい裏切りを受けたような気分を味わわせて、それを陰で嘲笑《あざわら》っているのです。特に女の白コートはひどい。優しい笑顔で油断させておきながら、切り裂きジャックよりも素早く、ナイフならぬ注射針を我々の体に突き立て、あまつさえ得体の知れない液体をじわじわと流し込むのですから！　連中はきっと、この世から犬という犬を殲滅《せんめつ》しようと考えているに違いない！」

アヌビスは悔しげに牙《きば》をギリギリと鳴らして天井を仰《あお》いだ。こんな彼の姿を見るのは初めての、獏と亜弐とみーこだった。

亜弐は獏に顔を寄せて、こそっと言った。

（ねえ、獏。アヌさん、なんか注射にトラウマがあるのかな？）

（うーん、初めての注射がよっぽど痛かったとか？）

（かもねえ……でも、ちょっと可愛《かわい》いかも♡）

（可愛い？）

（意外な一面、ってやつ？　そういうのに女の子は弱いの）

ふふふ、と亜弐が笑うと、そこへ、ずい、と奇妙な形をした笏《しゃく》が伸び、二人を隔《へだ》てるようにした。《ウアス》と呼ばれる古代エジプト神の持つ笏だ。

「なにをべたべたしておるか」

口調は静かだが、怒っている。コブラの飾りが、シャーっと唸っているのがその証拠だ。

「べっつにー。――ねえ、獏？」

まるで『ふたりだけのひ・み・つ♡』とでも言うような、少し媚《こび》を含んだ声で亜弐がそう言うと、イプネフェルの表情はますます険しくなった。

「貴様……」

《ウアス》の先につけられたセト神の瞳《ひとみ》が、ぎろり、と動く。

「あの、ちょっと、待ってください、イプ様」

獏は慌《あわ》てて機嫌をとりなそうとした。彼女の怒りが爆発したら、このリビングなど跡形もなく吹き飛んでしまう。それだけならいいが、《呪《のろ》い》の力が伝播《でんぱ》して富士山《ふじさん》の火山活動を励起《れいき》したりしたら一大事である。

そんな彼の心配も知らず、亜弐は獏の腕を取ると、見せ付けるように抱きしめた。

——むにゅ。

Aカップとはいえ、そこは女の子の胸である。獏はあっという間に赤くなった。

挙句《あげく》亜弐は、べえ、と舌まで出して見せた。

イプネフェルはこの世の終わりを告げる悪魔のように凶悪に微笑《ほほえ》んだ。アヌビスは、まだ注射のことを考えているのか、止めてくれる気配もなく天井を仰いで目を瞑《つぶ》っている。

（だ、誰かっ——）

と、脇《わき》から、すっと黒い着物の袖《そで》に包まれた手が伸びて、お知らせのチラシを取り上げた。

その動きだけで、張り詰めていた緊張の糸が緩《ゆる》んだ。

手の持ち主は、黒の狩衣《かりぎぬ》姿の天御門《あまみかど》玖実《くみ》である。

それまで黙って一人緑茶をすすりながら、面白そうに獏たちのやりとりを見ていた美少女は、その細い目でチラシを一読すると、

「アヌ様、ご結婚なさるのですか？」

と言って、皆を振り向かせた。

「なんのことじゃ？」

「なぜと問われれば、こちらに」

チラシをテーブルの上に置き、玖実はその細い指である一点を指した。予防接種のお知らせの下の方にごく小さく書かれていたそれは、よほど注意して見ないとわからなかった。

そこには赤い印刷で、

『春の愛犬お見合い同時開催・参加費無料・親睦会《しんぼくかい》も兼ねていますので参加は強制です』

と書かれていた。


「ア、ア、ア、アヌビスさんがお見合いっ⁉」

昼休みの教室で、枡田清美《ますだきよみ》は開けようとしていたパンを握りつぶした。むにゅる、と中身が少しはみだして、袋の中でパンは、うわあ、な状態になった。

清見が握っているのは、珠ヶ咲学園購買部特製の『南国の夢・ドリアンパン』である。ドリアンとは、最高に臭《くさ》いが最高に旨《うま》いといわれている果物だ。

亜弐の顔が引《ひ》き攣《つ》る。

だがそれに気づいた様子もなく、清美はポニーテールを揺らして、彼女の方へ体を、ずい、と乗り出した。

思わず亜弐はのけぞる。

「それって、それって……どういう、ことっ……⁉」

気さくな美少女として、クラスの男子に人気の高い清美が、すっかり取り乱して涙目である。彼女は、背もすらりと高いうえに、イプネフェルとは比べるべくもないが、亜弐がうらやむほどには胸も大きい。

（ちょっと、まずっちゃったな……）

亜弐としては、ただの世間話、今朝は何を食べたとか、夕方から雨になりそうだとか、そんなことと同じレベルの話題として、予防接種と同時に行われる犬同士のお見合いの話をしたに過ぎなかったのだが、デリカシーがなかったと反省した。

なにしろこの親友は、アヌビスの正体を知りつつ、それでも彼を大好きなのだ。

「あ、あのね、そんな深刻なことじゃないんだって。ただの催し。親睦会。注射のおまけ。なんて言うのかな……お付き合いの合コンみたいなもん？」

「合コンっ⁉　わたしがいるのに、そんなところに行くなんて、アヌビスさん、ひどいっ！」

清美が言うと、クラスの男子の目が一斉《いっせい》に険《けわ》しくなった。

（アヌビスって誰だ⁉）

（ひょっとして、彼氏⁉）

（嘘だろっ、外人か⁉）

（まさか、ハンドルネーム⁉　出会い系サイト⁉）

そんな声が聞こえた。

清美に気のある男子は、しっかりと聞き耳を立ててるようだ。

このところ枡田は急に綺麗《きれい》になった、と男子の間で評判になっていることを、亜弐も知っていた――というか、友達ということでよく訊《き》かれるのだ。

「な、なあ、枡田って、彼氏が出来たのか!?」

という風に。

もちろん亜弐は、さあ、といって誤魔化《ごまか》すのだが、そんなとき連中は、まるで疑惑を隠している政治家を見るような目で亜弐を見る。

(そんなに気になるなら、自分で訊きなさいよね)

そう思うのだが、あえて口にはしない。

もし男子が亜弐の助言に従ったら、清美はあっさりとアヌビスのことを話すだろうからだ。

その辺、この親友は物怖《ものお》じするところがない。

この恋愛はちょっと一般的ではないし、そのことで清美がとやかく言われるのは、友達としておもしろくない。それならまだ、謎《なぞ》の外人ということにしておいた方がましだった。

「合コン……」

うるっ、と清美の瞳が揺れた。

手の中でパンは更に変形して、踏まれた海鼠《なまこ》のようにドリアンジャムを飛び出させている。

涙は今にもこぼれそうだ。

「だ、だから……別にアヌさんも行きたくて行くわけじゃないんだって。予防注射を受けないと、保健所が来てうるさいから仕方なくなの」

「──うそ」

「あのねえ……ほんとだって」

「うそよ！　わたしの毛並みが悪いから、それで嫌いになったんだわ！　毎日きちんとシャンプーして、リンスして、マイナスイオンが出るドライヤーで、丁寧《ていねい》に、丁寧にお手入れしてるのに、それでもやっぱりダメなんだわ！──アニー！」

がしっとパンの袋ごと腕を摑《つか》まれて、亜武は、うひい、と嫌な気持ちになった。にゅるにゅるとまだジャムが出ている。もし、いま袋が破裂したら、と思うと……。

「聞いてる、アニー⁉」

「あ、はい！　き、聞いてるよ？」

「教えてっ！　やっぱり、やっぱり、立派な血統書がないとダメなのっ⁉」

クラスの男子の顔に『？』が浮かぶ。

それはそうだろう。まさか彼女が恋してる相手が、古代エジプトの犬神だなどとは、想像もつくまい。

「アヌさんが、そういうことを気にすると思う？」

清美は少し考えた後で、ふるふると首を振った。

「でしょ？　清美、ちょっとアヌさんに関して自信なさすぎだよ。──まあ、彼はアレだから、わからなくもないけどさ」

アレってなんだ！——という男子の声が聞こえそうだった。

亜弐はため息をつくと顔をよせ、

「そんなに心配なら、こっそり見に行ってみる？」

と訊いた。

すると、清美の顔がパッと晴れた。涙も一瞬で引っ込む。器用なものだ。

「ほんと!?　つきあってくれるの!?　ありがとう、アニー!!」

喜ぶあまり、亜弐の腕を摑んでいた彼女の手に、ぎゅっと力が入った。

——悲劇は起こった。

パァン、と音を立ててパンの入っていた袋が破れ、やわらかくなった中身が辺りに飛び散り、亜弐の顔はドリアンジャム塗《まみ》れになった。

「き、き、きゃーっ！」

亜弐の髪は、一日、腐ったような臭《にお》いが、取れなかった……。

次の日曜日、珠原井市民公園には、様々な犬を連れた人々が集まっていた。

皆、番地毎《ごと》に分かれて、白いテントの前に並んでいる。

抱きかかえられているものもいれば、リードに繋《つな》がれているものもいる。カートに乗せられている犬も意外と多い。

どの飼い主も、家《うち》のが一番、という顔をしている。

だがその中にあって、イプネフェルは不機嫌だった。

獏に拝《おが》み倒されて、Tシャツの上にジージャンを着て、下はジーパンという格好をさせられたから、というわけではない。

そんなことでイプネフェルの魅力が失われよう筈《はず》もない。

周りを見ればわかる。それが証拠に、犬を連れた男性で彼女を見ない人はいない。

問題は、獏が手にしている持ち手のついた紐《ひも》にあった。その先にはアヌビスが、四点リードの引き綱《づな》に繋がれているのである。

イプネフェルは、それがおもしろくないのだ。

「鎖《くさり》になど繋がなくとも、インプは暴れたりはせん！」

ということだ。

「そうですけど、アヌさんくらいの大型犬を紐なしで連れてくるわけにはいかないですよ。僕たちは大丈夫だって知ってても、ここにいる他の人たちは知らないんですから」

「そのくらいことは、インプの凛々《りり》しい顔を見ればわかるであろうが」

「みんな、自分の犬が一番賢くて可愛い、って思ってますから」

「あれもか？」

と、指した先には、車で三回轢《ひ》かれたような顔の犬が涎《よだれ》をたらしていた。

「あの飼い主は、あれをインプよりも立派だと思っているのか？」

「だ、だめですよ、イプ様。むやみに人を指差しちゃ」

貘は慌《あわ》ててイプネフェルの手を取ると下ろさせた。嫌な気を放射されるかと思ったが、どうやら相手は気がつかなかったらしい。

ホッと胸を撫《な》で下《お》ろすと、まだ手を握ったままだということに気がついて、貘は慌てて離そうとしたが、逆に握り返されてしまった。

「イ、イプ様？」

彼女は貘の手を握ったまま、それを引き寄せて腕を絡《から》ませた。

――むにゅん。

横に張り出した重たげな膨《ふく》らみが変形するほど二の腕に押しつけられる。貘はTシャツ一枚隔てただけのチョコレートプリンの感触に、気恥ずかしさもあって、赤くなった。

イプネフェルは、ノーブラ主義だ。

だから感触はダイレクト。胸の先の形までシャツに浮き出てしまう。

「久しぶりに二人きりじゃな」

楽しげにイプネフェルは囁《ささや》いた。これだけ人がいるのに何を、と思うが、彼女にとって数えるべき対象は、御堂の家の居候《いそうろう》と、あとはせいぜい清美くらいのものなのだ。

そういう意味でいえば、ここにいるのは獏とイプネフェル、そしてアヌビスだけということになる。

玖実は、

「アヌビス様が注射されることに、特に興味はありませんから」

と言って、

「犬がたくさんいるところなんか、いやや」

と、尻尾《しっぽ》を丸めたみーこととともに家で留守番をしている。

亜弐は何やら用事があるからと言って、獏たちよりも一足先に出かけてしまった。

珍しいことだ。

何より獏とイプネフェルが二人だけになることを阻止《そし》しようとする、彼女の行動とは思えなかった。

イプネフェルは腕を絡めたまま、少しだけ寄りかかってきた。その綺麗な横顔には、先ほどまで浮かんでいた不機嫌はもう見られず、むしろ、いつになく楽しそうだった。

(ほんと、気まぐれだよなあ)

けれど、それに振り回される自分がそんなに嫌いではない獏だった。

「ばーくーめー……」

地の底から悪魔でも呼び出せそうな低い声で呟《つぶや》いて、亜弐は、恋人同士のように腕を組んでいる二人の背中を、樹《き》の陰から睨《にら》みつけていた。

視線で人を貫《つらぬ》けるなら、獏の背中には馬鹿でかい穴が二つ、ぽっかりと開いていただろう。

だが、まったく残念ながらそうはならず、獏とイプネフェルは、まるで仲の良い新婚夫婦が白い大きな家の庭で飼っている従順な飼い犬を連れてきているかのように、寄り添って順番を待っていた。

少し隙《すき》を見せるとすぐこれだ。やはり油断も何もあったものではない。

(あとでお仕置きだわ)

彼の夕食に、たっぷりと唐辛子《とうがらし》を入れてやろうと考える、亜弐だった。

その後ろで。

やはり同じように樹に隠れながら、清美も暗い力を秘めた視線で、獏たちを睨みつけていた。

よりにもよってこの公園は、清美とアヌビスが初めてキスをした場所である。そんな所でお見合いをしようとしているのだから、恨みに思っても仕方がない。

それにいまは、彼女の目には、獏たちが死刑執行人のように見えていることだろう。

なにしろアヌビスはこれまで見たことがないくらいがっくりと首をうなだれて、耳はぴったりと後ろについて、尻尾は完全に足の間に丸まってしまっているのだ。

まるで、処刑場に引き立てられていく罪人である。

隣で獏たちが楽しそうにしているものだから、よけいにアヌビスの悲哀《ひあい》がスポットライトを当てたかのようにくっきりと浮かび上がってしまっている。

(そんなに怖かったんだ)

と、亜弐も改めて、アヌビスのトラウマ(と勝手に決めていた)の深さをわかった。

しかし、これればかりは仕方がない。

新しい登録シールは、予防接種を受けないともらえないのだ。

それに、アヌビスは病気などしないとイプネフェルは言ったが、世の中に絶対なんかない。

古代にはなかった病気だって現代にはたくさんあるし、過去には、地球は真《ま》っ平《たい》らで象《ぞう》が支えているのだと本気で信じられていたのだ。

だからアヌビスが病気にかかることだって十分にありえる。

それが、ちょっとちくっとするのを我慢することで防げるなら、それだけの価値はあると亜弐は思う。

樹の幹に置かれた清美の手が、ぎゅっと握られた。

——アヌビスの番が来たのだ。

首を縮めて、アヌビスは我が身の不運を呪《のろ》った。

彼の列の担当は女医だった。

しかも若い。

こうした場合、医者は経験不足であることが多い。それをボランティアという名目で、こうした機会に積もうというのだ。

彼女たちは、未熟だから緊張する。

そしてそれは患者に簡単に伝染する――病気のように。緊張は恐怖に変わり、結果、犬は暴れることになる。すると狙《ねら》いははずれ、注射はひどい痛みを伴《ともな》うことになり、犬の脳裏《のうり》には敬愛すべき相手である飼い主への恨みと、医者への不信感が植え付けられることになる。

こういう仕事こそ、ベテランがやるべきだ、とアヌビスは思う。

「はい。じゃあ、お尻《しり》を向けてくださいね」

細く青い注射器を手にした女医は、にっこりと微笑《ほほえ》んでいった。

(サディストめ！　オシリスの裁《さば》きの庭で悔やむがいい！)

心の中でそう罵《ののし》りながら、アヌビスは後ろを向いた。尻尾が丸まったままなのは屈辱《くつじょく》だが、これぱっかりは肉体には逆らえない。

小さめの手が、腿《もも》の付けね辺りをぐいぐいと強く押した。指が離れると少し痺《しび》れたような感じがあって、しかし、それも次第に薄れていった。と――

「はい、おしまいです」

ぽん、と尻を叩《たた》かれて、アヌビスは驚いて首を後ろに向けた。女医の手には確かに注射器があったが、中身はすでになくなっていた。

（注射したのか？　いつ？）

まったくわからなかった。ちくりとも感じなかったのだ。

「強い子ですね」

女医がにっこりと微笑むと、イプネフェルは大きく頷《うなず》いた。

「当然じゃ。兄上が、これと見込んでわらわに贈ってくれた従者じゃからな」

イプネフェルの兄とは、彼《か》の偉大なツタンカーメン王のことである。彼の王は、先代王によって闇《やみ》に堕《お》とされた神々を救い上げた立派なファラオである。

誇らしげな主の表情は、従者にとっても誇りだ。いつの間にか、寝た耳はピンと立ち、丸まった尻尾はすっと伸びていた。

女医に深々と頭を下げ（彼女はびっくりしていた）、そうして来た時とはまったく違う堂々とした足取りで、彼はテントをあとにすることができた。

ここに、アヌビスは苦手をひとつ克服したのである！

予防接種が終わったことを証明する書類と一年間有効な犬の登録シールを貰《もら》った獏は、その足でもうひとつの列に並んだ。

鞭《むち》の後には飴《あめ》がある。

注射が終わった犬のために、公園のあちこちで市の頼んだボランティアによるドッグフードの無料配布が行われているのだ。

「どーぞー♡」

数分で一番前にたどり着き、妙に愛想《あいそ》のいい女性が缶詰をひとつと紙皿を渡してくれた。半生《はんなま》タイプ、と印刷されている。パッケージの写真を見る限りでは、パテのようでなかなかおいしそうに見えた。

これを提供した企業は、これでわが社のドッグフードを買ってくれたら……うひひ、という下心があるのだろうが、もらう方にはどうでもいいことだ。値段もろもろ考えてみて、犬が気に入れば買うし、そうでなければ買わないだけのことである。

ただ、企業にとって、市内の犬が一堂に会する今日が、絶好のアピールの機会であることには違いない。

獏は缶詰を手に、イプネフェルたちのところへ戻った。

周りで早くも飼い主同士による情報交換がはじまっている。写真をとる者、ビデオをまわす者、いろいろだ。遠くの方ではフリスビーを飛ばしてもらって遊び始めた犬たちもいた。

イプネフェルとアヌビスは、ベンチに座って獏を待っていた。

若い男性の飼い主が、何とか話し掛ける機会を見つけようとうろうろしている。中には露骨《ろこつ》に飼い犬を傍《そば》に行かせようとしている人物もいたが、アヌビスがちらりと見ると大抵《たいてい》は萎縮《いしゅく》してしまってうまくいっていなかった。

そんな様子だから、獏が近づくと一斉に羨望《せんぼう》の視線が突き刺さった。

（いやだなあ……）

と思っても仕方ない。もう帰りたかったが、ご近所づきあいも大切だ、と亜弐に口をすっぱくして言われているので、ここは我慢だった。

「遅いぞ、バク」

ベンチに寄りかかって胸を反《そ》らした格好で、イプネフェルは言った。いつもと変わらず、周りの視線など気にした様子もない。

「ん？　それはなんじゃ？」

イプネフェルは缶詰を指した。

「ドッグフードですよ。犬のご飯です。——アヌさん、食べてみますか？」

缶詰を振りながら獏が聞くと、イプネフェルの足元に座っていたアヌビスは、周りの犬の様子を眺めた。

どの犬も、なかなかおいしそうに食べている。

こういう食品は人が食べてもおいしく感じなければダメなのだ、と獏は何かで聞いたことがあった。本当にそうなら、アヌビスの口にも合うだろう。でなければ勧めない。

アヌビスは、長い顔でゆっくりと頷いた。

獏は缶切りいらずのそれを開けると、貰った紙皿の上で逆さにして底を叩いた。半生、というだけあって、汁気《ぬ》をたっぷり含んだ肉が出てくる。

彼はしっとりと濡れた黒い鼻を皿に近づけると、興味深そうに、ふんふんと匂《にお》いを嗅《か》いだ。

そして、一口食べてみた。

「どうじゃ？」

イプネフェルが訊くと、アヌビスは『わん』と吠《ほ》えた。

まさか喋《しゃべ》るわけにはいかないからだろうが、それは『なかなかいけますよ』といっているように獏には聞こえた。

と、すっと、その目の前に一匹の犬が歩み出た。

獏にもわかる――コリーだ。

毛並みも素晴らしく、なんとなくこう、全体から気品が漂っている。どうしてか、女の子だと思えた。長い睫毛《まつげ》のせいかもしれない。

飼い主の姿は……向こうの方から駆けてくるおばさんが、そうなのだろう。

余程《よほど》いい血統なのか、自分の目の届かぬ所でよからぬことをされてはたまらない、と面積の広い顔にはっきりと書いてある。

と、別の犬がまた寄ってきた。

今度はゴールデンレトリバーだ。大きさはコリーと同じくらいで、やはりとても毛並みがいい。なぜかこれも女の子だ、と獏には思えた。潤《うる》んだ瞳のせいかもしれない。

それがきっかけだったのか、急に周りに犬が集まり始めた。中には飼い主を引きずるようにして近づいてくる犬もいた。

やっぱり、どれもこれも女の子な気がした。

「変わらんな、インプ」

面白そうにイプネフェルが言うと、アヌビスは困ったような顔をした。

気がつけば、獏たちはすっかり、女の子の犬たちに囲まれてしまっていた。もちろん、彼女たちのお目当ては、アヌビスである。

最初に近づいてきたコリーが、アヌビスの前に進み出て、皿に鼻を近づけた。

――ぺろり。

食べかけのドッグフードを舐《な》める。

アヌビスが何も言わないと見ると、今度は少しだけ口を開けて、ちょっぴり齧《かじ》る。

彼は何も言わない。

するとコリーは顔を上げて、真っ直ぐにアヌビスを見つめた。

彼の鼻の頭には、ドッグフードが少しついている。

コリーは長い睫毛の目を細めると、少しだけ首を傾《かし》げて顔を近づけ、そうして、ぺろりとそれを舐め取った。と――

「だめえーっ！」

どっかで聞いたような声が、公園一杯に響き渡った。


「あっ、清美！」

亜弐が止める間もなく、清美は木陰を飛び出すと、猛然と犬の輪の中へ駆け込んでいった。

驚いた犬たちがたちまち四方へ逃げ出して、辺りは大混乱になった。

「きゃーっ！」

「わーっ！」

「うひーっ！」

ある犬は飼い主ごとテントへ突っ込んでこれを倒し、ある犬はパニックになってドッグフードを配っていたコンパニオンを追い掛け回した。リードに絡まって動けなくなる犬、樹に登って降りられなくなる犬、激突して気絶する犬――ｅｔｃ。

その中にあって清美は、しっかりとアヌビスの首にしがみついて、抱きしめていた。

「枡田さん……？」

彼女だとわかった獏が、清美が駆けてきたほうを振り向くと、亜弐が慌てて陰に隠れるのが見えた。

（そういうことか）

獏は、清美がここにいる理由を理解した。

彼女は腕をほどくと、そのまま手を滑らせてアヌビスの顔を挟むようにした。

「アヌビスさんとキスしていいのは、わたしだけなんだから……」

諭《さと》すようにそう言うと、彼女は、彼の顎《あご》についたドッグフードも周りの目も何も気にせず、その口に強くくちづけた。

そうして、もう一度、強く強くアヌビスの首を抱きしめるようにした。

その様子を、イプネフェルは特に何の口出しもせずに面白そうに眺めていた。獏にちょっかいを出すのでなければ関係ない、とでもいうかのようだ。

ぴん、と閃《ひらめ》くことがあって、獏は、彼にしては珍しい種類の微笑みを浮かべると、抱きしめられたまま動かないアヌビスに向かって、こう言った。

「モテモテですね、アヌさん」

それを聞いた彼の顔が、なんとなく赤くなったような気が、獏はした。


――ところで。

この騒動は、珠ヶ先学園の生徒の知るところになった。

私立とはいえ地元の高校だから、予防接種に自分の家の犬を連れてきた生徒がいて、一部始終を目撃していたのだ。

その結果、清美は、犬に恋する《変態》というレッテルを貼《は》られ——るかと思いきや、そんなことにはまったくならなかった。

(アヌビスって、犬の名前だったんだな)

(美人で気さくで犬好きかぁ、ますます好きになったぜ)

(一緒に散歩したいよなあ……)

(オレも犬になりてーっ!)

などなど、男子たちはそんな風に自分たちに都合のいい想像を膨《ふく》らませて、清美への報《むく》われない想いをますます募《つの》らせたのだった。

あらかると・夏

アフロディジアック・クエスト!

暑い夏の午後のこと。

クーラーのきいたリビングで届けられた小包《こづつみ》を見つめながら、御《み》堂《どう》獏《ばく》はめずらしく難しい顔をしていた。

荷物の大きさはB5サイズ。

防水の為《ため》か何重にも包まれているようで、モコモコしている。一番外側は油紙で、それを細い頑丈な紐《ひも》でぎゅうぎゅうに縛《しば》ってある。

そのあちこちに。

『危険!』

『こわれもの!』

『取り扱い注意!』

『天地無用!』

『火気厳禁!』

とにかく取り扱いには気をつけろ、という旨《むね》のシールが節操のないプリクラのようにべたべたと貼《は》り付けられている。

発送されたのは、聞いたこともない外国の町だ。

獏の知り合いで海外から荷物を送ってくる人物といえば、考古学者でトレジャーハンターで陰陽師《おんみようじ》の父——御堂晩三郎《ばんざぶろう》しかいない。

ワイルド、といえば聞こえはいいが、あごひげを蓄《たくわ》え、わがままで、節操がなくて、服は革製品で固めていて、いつもどこか埃《ほこり》っぽい。

古代エジプトの蛇女神《へびめがみ》・ウラエウスの化身《けしん》である、イプネフェルが封印されていた棺《ひつぎ》をドイツの古城地下からかっぱらい、問答無用で送りつけてきたのも父である。

（……今度は、何を送ってきたのやら）

いっそ、このまま庭のスフィンクスの形をした蔵《くら》に放り込んでしまおうか。それが一番安全な気がする。

（中身は何になってたっけ？）

それすら確認していなかったことに気がついて、貘は小包に触れないように気をつけながら、警告シールの上に更に貼られていた送り状を覗《のぞ》き込むようにした。

（あれ？）

よくよく見ると、差出人の欄《らん》に書かれた名前は父のそれではなかった。

《Ｋ・Ｋｏｉｚｕｍｉ》

とある。

小泉《こいずみ》――父の助手だ。

春に彼女（？）に会ったときのことを思い出して、貘は赤くなった。

長い髪は飴《あめ》色。大きな瞳《ひとみ》は黒。そんな小泉は、

『貘くん♡』

と囁《ささや》きながら、風呂《ふろ》上がりのバスタオル一枚の姿で貘の上に馬乗りになり、背や顔立ちはどう見ても中学生なのに、胸だけはやたらと発達した体を見せつけるように全裸になって、そのまま貘と《しちゃおう》としたのである。

それは亜弐《あに》や父の乱入で未遂《みすい》に終わったが、彼女（？）が諦《あきら》めてくれたのかどうかはわからなかった。

なにしろ、彼女（？）の持つ少女の肉体は、《呪《のろ》い》によって変えられたことで手に入れたものだからだ。《オーパーツ》である『アステカの厄神《やくしん》《トラウィクスカルパンテクゥートリ》の槍《やり》』を取りにいく途中で呪われ、以来、そのままなのである。

《呪い》を解く方法はただひとつ――心まで少女化してしまう前に、男と《しちゃう》こと。

だが、これはきつい。

少女なのは体だけなのだから、なかなか高いハードルだ。

それでも貘ならばと思ったのは、彼がそんなに『男！』という感じではないのと、ある程度心の方も少女化が進んでいたからだろう。

そんな小泉が何を送ってきたのか……やはり、このままスフィンクスに放り込もうかとも思ったが、彼女（？）も父の被害者だと思うと、可哀想《かわいそう》な気もした。

もしかしたら、助けを求めているのかもしれない。

たっぷり三十分は悩んだあとで、獏は小包を開けてみることにした。

紐を切り、慎重に紙を剝《は》がしていく。

包装は本当に厳重で、なんだかキャベツでも剝《む》いているような気分になった。こんなに厳重に包むなんて、一体どんな恐ろしいものが……そう思って更に慎重に剝がす手を進める。

しかし、やがて出てきたのは——

(手帳?)

そう見えた。水に落としたノートを乾かしたかのように全体がゆがんでいるが、特に年代物とも思えない。

右鉤十字《みぎかぎじゅうじ》のマークがついているとか、人の皮で装丁されているとか、そういうこともない。

ただの手帳だ。鍵《かぎ》もついていない。

なにしろ表紙は子猫のイラスト柄である。しかも、ビニールカバー付き。

にゃ〜ん、という声が聞こえてきそうな可愛《かわい》らしさだった。

その真ん中よりも少し上に、この手帳の使用目的が銀色でプリントされていた。

『DIARY』——つまり日記帳である。

(小泉さんの日記かな……?)

これが父のだったりしたら激しく嫌だが、隅の方に『K・K』とあるから間違いなく小泉のものだろう。

それでも、貘はまだ疑わしげにハサミの先でそれを突いたりしてみたが、いきなり噛《か》み付いてくるとか、眠り薬が噴き出してくるとか、そういうこともなさそうだった。

よもや、これが《オーパーツ》ということはあるまい。

どう見ても最近つくられた品だし、このイラストはこの冬から春にかけて日本で流行《はや》っていたものだ。

おそらく、この前の帰国の時に買ったのだろう。

それをわざわざ送ってきたということは、読んでくれ、ということなのだろうか？

（うーん……）

またまた三十分悩んだ挙句《あげく》、結局は興味の方が勝って、貘は日記を手にした。

はいどうぞ、と差し出されたものでも、日記は日記。

開く時、なんだかすごくイケナイことをしているようで、ドキドキした。

――ぱらり。

表紙をめくり、貘はこっそりと、それを読み始めた……

☆

二〇××年　七月　十日

獏くん、元気？　ボクはいま、アマゾン川沿いの、とある村に来ています。

いまは夜の九時。獏くんのことを想《おも》いながら、これを書いています♡

暑くて暑くてたまりません。

いま泊まっているのは、おんぼろ（といってもこのあたりじゃ普通なんだけど）の宿です。外国人なんかが泊まるのは珍しいって言ってました。

もちろんクーラーなんかありません。

網戸《あみど》をはめた窓から、少しだけ風が入ってきてるけど、でも、でっかい蛾《が》とか蚊《か》がびっしりと張り付いていて気持ち悪い！

部屋にはいちおう、シャワーはついてるんだけど、蛇口《じゃぐち》を捻《ひね》ると錆《さ》びた水が出ます。

でも、さっき我慢《がまん》して浴びました。

だってもう、汗でべたべたで気持ち悪かったんだもん。

この村に到着するまで、何時間も、やっぱりクーラーのない車に押し込められてて、大変だったんだから！

いまは教授もいないから、ショートパンツだけであとは何も着ていません。

……想像した？（笑）

ちなみにまだ、女の子のままだから、安心して想像してね♡

最近、このままでもいいかなーなんて、ちょっと思ってきてます。教授は《呪い》が進んでるんだ、ってうるさいけど、そうなのかなー?

よくわからないや。

春の時はごめんネ。

実は、それを伝えたくてこれを書いてます。

手紙にしようと思ったんだけど、これからちょっとアマゾン川を上って探検に行くので、どうせなら、ついでに普段のボクを知ってもらおうと思って日記にしました。

この村には、国際郵便を出せる場所がないので、戻ってきてから送ります。

ちゃんと着いてるかな?

ところで、春の《パンドラ》の再封印は、教授もボクも本気じゃなかったんです。ちょっとした力試しで、彼女が封印されていないことも、教授は知っています。

今のところ危険はないだろう、って判断したみたい。

しばらくは獏くんに任せるって。だから……許してくれるといいな。

それに、ボクにとっては、教授の方がよっぽど危険人物です!

いまは隣の酒場に行っていないけど、さっきも危うく襲われそうになったんだから！

シャワーを浴びてたら、いきなりドアを開けて（鍵《かぎ》なんかないの）、

『こ・い・ず・みー』

だもん！

シャワーヘッドで額《ひたい》が割れるほど殴《なぐ》ったらようやく諦《あきら》めてくれたけど、思い切り掴《つか》まれたせいで、おっぱい、まだ赤くなってます。

教授ってば、本当に野獣です。いったい！　何度！　襲われそうになったことか！

厄神の《呪い》の力で怪力になってなかったら、とっくにされちゃってます。

……でも、安心してね♡

ファーストキスは奪われちゃったけど、ここだけは（いま、大事な所に手をあててます）守るから！　ボクのハジメテは、獏くんって決めてるんだもん♡

そうだ！

何度も何度も揉《も》まれたせいなのか、春に会った時より、一回り大きくなっちゃいました。

……見たい？　んふふー、えっち♡

でも獏くんには、見て欲しいな。

いま、写真を撮ろうかと思ったんだけど、カメラ、教授が持ってっちゃったみたい。

今度、撮って送るね――セルフヌード♡
楽しみにしててください。
では。

◆

二〇××年　七月　十一日

いま、川沿いの少し開けた場所に張ったテントの中で、これを書いています。

今日の朝早くに、昨日、教授が見つけてきた現地の人（酒場に行ったのはそのためだったみたい）と一緒にボートに乗って、アマゾン川を上りました。

全員、男の人です。

みんな、腕とかすごく太くて、逞《たくま》しいの。それに、笑うと歯がきらりと白く光って、とても魅力的。口をそろえてボクのことを『可愛い』っていってくれます。

だからって、よろめいたりはしないから安心してね。

ボクは、獏くん一筋♡

それに、彼らの『可愛い』は、女としてじゃなくて、子供とか動物は『可愛い』の方です。

どうやら教授とは親子だって思われてるみたい。

否定すると説明が面倒くさいから、そのままにしてます。《呪い》がどうのって話しても、どーせ誰も信じてくれないだろうし。


獏くん、よく信じてくれたよね？

目の前で《パンドラ》に復活されたり、飼い猫が女の子に化けたりする所を目の当《まあ》たりにした、そのおかげかな？

彼女たちはライバルだけど、それだけは感謝してもいいかも。

あ！　でも、ボクじゃないって思ってたほうが、抵抗なくシテもらえた!?

失敗したあ!!

でも獏くん、ボクに触れられた時、しっかり反応してたから……脈ありだって思っていい？

そう決めました。

脈あり、です!!――そうだよね……？


明日も川上りです。

あと半日、ボートで川を上流に向かったら、今度は徒歩で、ジャングルを奥地へ向かうことになってます。

多分二日以上かかる、と教授がガイドの人に話しているのが聞こえます。

でも、ちょっともめてる。どうやら賃金が不満みたい。

教授はいま、外で男の人たちと、焚《た》き火《び》を囲んで話をしてるんだけど……大丈夫かな？　お酒、入ってるし。

そうそう、ちなみに荷物の半分以上はお酒です。

あんまり多いので、

「お酒じゃなくて水にしましょうよ」

と言ったら、

「酒にも水分は含まれている！」

という理由にもなってない言い訳をされました。

逆らってもどうせ押し切られるので、面倒くさいから、好きにしてください、といったら本当に好きにしてくれました。

ウイスキーを仕込み樽《だる》のまま幾つも持ってきています。

それを担いでジャングルを歩くのはこの賃金では見合わない、と現地の人は言っています。

ボクもそう思います。

でも、荷物については昨日のうちに話をしているはずだから、これが彼らの交渉術なんでしょう。ここまで来たら引き返せません。

──あ！　やっぱり始まっちゃった！

教授がキレて暴れ出したみたいなんで、今日はここまでです。

早く止めないと、荷物を担ぐ人がいなくなっちゃう！

それじゃあ、おやすみなさい、獏くん♡

◆

二〇××年　七月　十二日

獏くん、今日は散々な一日でした。

結局、昨日の夜、教授は十五人を相手に暴れ回り、四人の骨を折ってしまいました。

お酒の入った教授は無敵です。

普通の人間が太刀《たちう》打ちできるわけもありません。

ボクが厄神の力で取り押さえなかったら、きっと何人かは、ピラニアのうようよいる川に叩《たた》き込まれていたことでしょう。

何とかそれは避けることができたんだけど……彼らは帰さざるをえず、そのせいでボートが一艘《そう》減って、その上、彼らの荷物はボクが担ぐことになってしまいました。

重かったー！

汗をかいても、ここではシャワーを浴びることなんかできません。

水は貴重品なので、それで体を洗うなんてもってのほかだし、川に入れたらなー、と思うけど、それもダメなの。

ピラニアとか蛭《ひる》がいるし、思いっきり濁《にご》ってるから、裸で入るのはちょっと……怖いです。

だからいま、体がすごくべたべたしてます。

おまけに、ここはジャングルの中だから、風もあまり通らなくて、ジメジメした空気がまとわりついて余計に気持ち悪い！

こうなると、一昨日《おととい》の宿の錆び色のシャワーでも恋しくなるんだから、人間って勝手ですよね（笑）。

いまこれを書いているのは、教授たちのいる焚き火から少し離れた場所で、寝袋に入りながらです。

さすがに、テントは張れません。

あ。いま、足の方を真っ黒くて大きな虫が通り過ぎました。

アマゾンの虫はとにかく大きいです。どうやったらこんなに大きく育つの？　と聞きたいくらい大きいです。

ボクは平気ですけど、虫が嫌いな人には地獄だろうな。

ちなみに教授も全然平気です。

あんなくせに、実は昆虫は全然ダメ、とかいえば、少しは可愛げがあるんだけど、ほんとに無敵。ぷちぷち踏み潰《つぶ》しても、気にもしません。

極悪非道《ごくあくひどう》です。


ところで、いま教授の周りにいる男の人は六人です。

な・ん・で・だ？

3……2……1……ぶー！

正解は、ボートが一艘、巨大ワニに襲われたからでしたー！

びっくりした？


でも、ほんっと、大きかったんだから！

ボク、怪獣かと思ったもん。

そのボートには、盗賊に襲われたときの用心に機関砲がくっついてたんだけど、全っ然、役立たず。

なにしろ、当たらないの。

ワニって、水の中だとあんなに早いもんなんだ、って初めて知りました。

それに、ものすごく力が強い！

太い尻尾《しっぽ》で一撃されたら、そのボート、後ろ半分がめちゃくちゃになったんだから！

急いで近くの岸につけたんだけど、あのまま沈没してたら、多分、乗ってた人たち、みんな食べられちゃったと思う。

えっ？　ボクたちは大丈夫だったのか、って？

獏くん、心配してくれるの？

う・れ・し・い♡

——ごめん、ちょっと空《むな》しくなっちゃった。


結論から言うと、大丈夫でした。

そのワニ、襲ったボートから転がり落ちたウイスキーの樽を嚙み砕いて酔っ払っちゃったみたいで、おなかを見せてそのまま下流に流れていきました。

教授のわがままも、たまには役に立つのです。

ほんとーに、ほんとーに、たまにだけど。

壊れたボートはどうしようもなかったので、ボクたちは移し替えられるだけの荷物を移し替えて、男の人たちはそこへ置き去りにしました。

ひどい？

大丈夫。ちゃんと無線を入れたので、今頃は迎えの船で村へ戻っていることでしょう。

ボクたちはそのあと、また川を遡《さかのぼ》って、予定のポイントで船を下りて、ジャングルに入りました。一時間ほど遅れたけど、荷物が減った分、強行軍でもそんなにつらくなかったな。

明日は、もっと奥地に進みます。

そういえば、まだボクたちの目的を書いてなかったね。

今度の探検はある巫女《みこ》に会うことが目的なの。

といっても、獏くんのところのみーこくんとは違う、精霊と交信して予言を行ったり、呪術《じゆじゆつ》的な民間療法を操ったりする、そういう巫女だけど。

ちょっとしたお願いをしにいくんだ。

それが何かは、まだ、ひ・み・つ。

そろそろ眠くなってきたので、今日はこれで終わります。

……寝てる間に、教授に襲われませんように。

◆

二〇××年　七月　十三日

……襲われちゃった。


びっくりした？

明け方だったんだけど、なんか胸のあたりがスースーして、すごく気持ちいいなあ、って思って目を開けたら！

……教授でした。

もう！　寝袋のチャックを下ろして、服を捲《まく》り上げて、ボクのおっぱいを揉《も》んでたの！

せっかく獏くんにシテもらってる夢見てたのに……教授だったなんて！

あったまに来たから、おもいっきり、パンチ！　しちゃった。

教授、吹っ飛びました。

んで、そのまま樹《き》にぶつかったんだけど、そのとき上から、ちょっとしたものが落ちてきて、騒ぎになりました。

なにかというと……アナコンダ！

知ってるよね？　ものすごく太くて、ものすごく長ーい、斑《ぶち》模様の蛇《へび》。

アナコンダって、毒はないから噛《か》まれても大丈夫なんだけど、なにしろおっきいの。

十二mはあったかな？

教授、それに巻きつかれちゃって。

ほっとこうかと思ったんだけど、骨がみしみしいって、本気で死にそうだったから、仕方がないので助けてあげました。

獏くんのお父さんだし。

でも、いいかげん、懲《こ》りて欲しいナ。……無理っぽいけど。

その蛇、絞《し》めて食べようかとも思ったんだけど、現地の男の人たちが嫌がったので逃がしてあげました。

アマゾンの主《ぬし》、と呼ばれているのでそのうちに、恩返しをしてくれるかもしれません（笑）。

それからビーフジャーキーとコーンスープで軽く朝食を済ませて出発しました。

寝ている間に、男の人が一人逃げたので（もしかしたらアナコンダに食べられちゃったのかな？）、これでメンバーは全部で七人です。

この期《ご》に及んでも、教授ってば、まだ酒樽《さかだる》を持っていこうとするから、巫女に捧《ささ》げる一個を残してボクが叩き割っちゃった。

ものすごく恨めしそうな目をしてたから仕返しが怖いけど、ちょっぴりすっきり。いつもひどい目にあわされてるから、このくらいは、ね。

それから休みなしで歩きに歩いて、夕方にやっと目指す集落に着いたんだけど、もっと冒険があるかと思ってたから拍子《ひょうし》抜け。

それに、ここにも文明は押し寄せてきていて、出迎えた部族の戦士だという男の人は、『♡Love♡』と書かれたTシャツにジーパンって格好でした。

ラジカセもあったよ！

電気は通ってないんだけど、電池式だからちゃんと動きます。

いま横で、聞いたことのない音楽を流してくれてるの。多分ポルトガル語。スペイン語なら何とかわかるんだけどな。

そうそう、久しぶりに体を洗うことが出来ました。

村の裏手にね、綺麗《きれい》な水の滝があるの。だから、お許しを貰《もら》って思い切り水浴びをしました。

もう、最っ高！

村の人たちが覗《のぞ》きにくるかと思ったけど、誰も来ませんでした。

ボク、魅力ないのかなあ、ってちょっとがっかり。

プロポーション、いいと思うんだけどな。おっぱいだっておっきいし、ウエストだって細いし、ぴんくだし、毛もぽわぽわとしか生えてないし……きっと、美に対する評価が違うんだ、って思うことにして自分を慰《なぐさ》めてます。

ほんとは、獏くんが慰めてくれるのが一番なんだけどな♡

いまボクがいるのは、集落の中でも一番立派な家です。
今日は巫女と会えなかったけど、明日一番に会わせてもらえることになりました。
いよいよです。楽しみ♡
教授はいま、出かけてて……あ、帰ってきたみたい。
なんだか、大きな声でボクを呼んでいるので行きますね。そうしないと暴れそうだし。
それじゃあ、おやすみなさい。

◆

二〇××年　七月　十四日

……ピンチです。
いまこれ、村のお酒とか食べ物とかを入れる蔵で書いてます。
みんなが、ボクを探してます。
野獣です。
ケダモノです。
教授の大群です。
みんなに見つかったら、何をされるかわかりません(涙)。

……ううん、わかってる。
ほんとは、わかってます。
もしも見つかったら、きっと酷《ひど》い目にあいます。
カーキ色の探検服を剝《は》ぎ取られて。
同じ色のズボンも脱がされて。
ブラも、ショーツも毟《むし》り取られて。
たくさんの男の人たちに押さえつけられて、それで……。

ああ！　これというのも、みんな教授が悪いんです!!

教授が……教授が……魔人すら魅了するアフロディジアックを——催淫薬《さいいんやく》を作ってもらいに行こう！　なんて言いださなかったら、こんなことにはならなかったのに！

そ、そりゃあ、ボクも、

「これで獏くんを誘惑して……うふふ」

とか思わなかったわけじゃないけど、でも、教授が悪いんです！

よりによって、村のど真ん中で転んで、巫女に貰《もら》った薬の壜《びん》を割っちゃうなんて！


この村には、女の子はボクしかいません。

その理由が、わかりました。

あんな隙間《すきま》だらけの小屋で作れば、催淫薬はどうしたって漏《も》れます。

一応作業中は近づいちゃいけないことになってるけど、風向きによっては遠くまで流れていくこともあるから、そうしたときに女の子を傍《そば》に置いとくと危険だからなんだと思います。

……って、わかったからって、この情況が好転するわけじゃないんだけど。

昨日は、水浴びをしてても覗きにも来なかったくせに、いまは、血眼《ちまなこ》になってみんながボクを探してます。

みんな、アナコンダです。
きもちわるいです。
あんなのでされたら、きっと壊れちゃいます。

なんだか、この小やのまわりに、人のけはいがあつまってきたきがします。
すきまから、ちばしった目がのぞいているようなきがします。
きのせいだといいけどちがうきがします。

やっぱり！
ふんふんとにおいをかいでます！
とびらをたたいてる！
こやをゆさぶってる！
こわれる！　こわれる！　こわれ

☆

日記はそこで終わっていた。

（い、いったい、このあとどうなったんだろう……）

白紙のページは、それ以上何も伝えてはくれなかった。最後の『れ』の跳ねの部分が大きく歪《ゆが》んでいるのは、ペンを放り出したか、無理矢理書くのをやめさせられたかしたのだろう。

（でもこれ、小泉さん本人が送ってきたんだよね？）

獏は、山になった包装紙のなかから一番上の紙を探し出して、送り状をもう一度見た。

差出人は確かに《K・Koizumi》となっている。

だが、こんなものは誰にでも書ける。この筆跡は本人だ、と断言できるほど、獏は小泉の字には詳しくなかった。

この手帳の日記は日本語で書かれているから、比べることも出来ない。

獏は、残りのページをぱらぱらと捲《めく》った。

――はらり。

テーブルの上に、何かが落ちた。最後の方に挟んであったらしい。

手にとり、裏返してみると、それは写真だった。

「！……あははっ。すごいや、小泉さん」

写真を見た獏の口元には、安堵《あんど》の笑みが浮かんでいた。

そこには、三十人からの男たちを叩《たた》きのめして山を築き、その上でVサインをする小泉の姿が写っていたのである。

山の一番上でのされているのは、父・晩三郎だ。

小泉は、服はびりびり、おさげも片方はほどけていたが、無事のようだった。興奮さめやらぬのか、瞳《ひとみ》が人のそれではなくなっている。

「……うん？」

何かが香った気がして、獏は、くん、と鼻を動かした。


「ただいまー」

鞄《かばん》とスポーツバッグを置いて、鷹村亜弐《たかむらあに》は大きく息をついた。

汗で制服の半袖《はんそで》の白いブラウスがはりついて、スポーツブラが透けている。ショートカットの髪もおでこに張り付いて気持ち悪い。

革靴を脱いであがると、ミニのスカートをパタパタとあおいだ。恥じらいよりも、今は家の中の冷たい空気を送るのが先だ。

「こんな暑い日に部活やるの禁止だよねー。大体、暑くてなんにも出来ないから、夏休みなんでしょうに――ったく」

あおぐ手を止めずに、ブツブツと独り言をいった亜弐は、ちらりとリビングを見て、ぎょっとして、慌《あわ》てて、ばちん、と叩くようにスカートを押さえた。

「ばばばばく」

外の気温のせいで上気した頬《ほお》が、更に赤くなる。

「いや、ほら、外、暑かったから！　でも、ここは涼しいから、蒸《む》れちゃうとやだしーーうわ、あたし、なに言ってんのかなっーーって、獏……？」

いつもなら顔をそらすのは獏の方だ。だが、今日の彼は大きく見開いた目で、じいっ、と亜弐をーー正しくは亜弐のスカートを見つめていた。

「ど、どうしたの？」

なんだか、変だ。

血走った目。

荒い鼻息。

いつもとは違う……なんだか《男》の感じがする。

おもわず、亜弐は一歩、後ろに下がっていた。追うように、獏も立ち上がった。

その股間《こかん》にはーーアナコンダ（小さめ）。

「きゃーっ!!」

屋敷中に響き渡った亜弐の悲鳴を聞きつけ、イプネフェルは面倒くさげに欠伸《あくび》をしながら、それでも仕方なく、御堂屋敷の三階を改造した神殿を出た。

例によって、思い切り肌の透《す》けている古代エジプト王女の格好である。

「なんだというのじゃ、さわがし――！」

ぴし、とイプネフェルのこめかみに血管が浮いた。

昼寝を邪魔されて不機嫌な彼女が、階段を下りた先に見たものは、お尻を丸出しにした獏にのしかかられている、乱れた制服姿の亜弐の姿だった。

「き、き、き、貴様らなにをしておるかーっ!!」

イプネフェルの怒りが爆発した。


「へー。教授、富士山《ふじさん》微噴火、ですって」

イギリスに向かう飛行機のファーストクラスで日本の新聞を読みながら、小泉は呟《つぶや》いた。

「やっぱり富士山って休火山なんですね。もっと大きいのが起こると思います？」

だが、返事はない。

彼女（？）は新聞を畳《たた》むと、それをラックに入れて、隣の座席を向いた。

そこでは、両手にギプスをはめて首から顎《あご》にかけてコルセットをした晩三郎が、不機嫌そうに窓の向こうを睨《にら》んでいた。

「グレムリンでも見えますか？」

「…………」

やはり、晩三郎は答えない。答えたくても、答えられないのだ。

（ちょっと、やりすぎちゃったかな？）

だが、あの状況ではとうてい手加減などできなかった。誰一人死なずに済んだのだから、そっちを誉めてもらいたいくらいだ。

ふくれたままの晩三郎に、肩を竦《すく》めると、小泉は毛布を広げて膝《ひざ》にかけ、目を閉じた。

なんにせよ、これでゆっくりと眠ることができる――しばらくは。

それだけで、小泉にとっては大きな収穫だった。

あらかると・秋

まい♥はーと

「好きだ」

ブレザーの制服のネクタイをほんの少し緩《ゆる》めた、その男子生徒は、鷹村亜弐《たかむらあに》を真《ま》っ直《す》ぐに見つめてそう言った。

夕暮れの校舎裏。沈みかけた夕陽《ゆうひ》が、二人の影を長く伸ばしている。

他には誰もいない——二人きり。

(ひょっとして、あたし……告白されたの……?)

亜弐は目をぱちくりさせた。

——可能性は高い。

『好きだ』という言葉の前に、『枡田《ますだ》が』とか『ドリアンパンが』とか『カレーライスが』とかは、ついていなかった。

そうとわかると、不意に心臓がばくばくいい始めた。大量の血液が一気に、身長一五〇cmの体の隅々にまで流れていく。もう十月だというのに、じわりと額《ひたい》に汗がにじんで、ショートカットの髪が張り付きそうになった。

(えーと……な、なにが、どうなってるのかな……?)

小中高と過ごしてきて、こんなことは初めてだった。人の恋路の手助けをしたことならいくらでもあるが、自分が告白されたことは一度もない。

へのへのもへじと変わらなかった男子の顔が、急にはっきりとした。

それまでは男子生徒Aだったのだが、目の前で顔を赤くしながらそれでも真っ直ぐに見つめてくるこの男子が、木村五郎《きむらごろう》という名前だったということも思い出した。

今朝、下駄箱《げたばこ》の中に入っていた手紙には、確か、そう書いてあった。

ノートを折っただけの手紙の中身は、名前と、あとは『放課後、校舎裏の焼却炉の傍《そば》に来て欲しい』と書いてあるだけの、外見と同じに簡単なものだった。

一緒に登校した清美《きよみ》が目ざとくそれを見つけて、

「あー、ラブレター♡」

とからかってきたが、その時は亜弐は少しもうろたえなかった。

別に、珍しいことではない。

清美目当ての手紙は、月平均で三通は入っている。そのたびに亜弐は清美と男子の間に立って、やりとりをさせられているのである。

「どうせなら、清美の下駄箱に直接入れなさいよ」

待ち合わせ場所に行って仲を取り持つことを頼まれるたび、いつもそう言うのだが、それが振られた男子から他の男子に伝わるはずもなく、結局はまた亜弐の下駄箱に手紙が入れられて、彼女は伝言役をやらされる羽目になるのだった。

たとえ無駄《むだ》でも、今日も亜弐はびしっと言ってやるつもりでここへ来た。

だがその前に思いも寄らぬ言葉を聞く羽目になって、頭の中はすっかりまっ白——いや、すっかりピンクだった。

「好きなんだ鷹村さん。ずっと見てた。付き合って欲しい」

そう言って木村五郎はぐっと拳《こぶし》を握った。

夕陽の加減か、好きだと言われたそのせいか、さっきまでへのへのもへじだったくせに今はちょっとだけ格好よく見える。

（ど、どうしよう……）

迷うあたり、まともに頭が働いていない証拠だ。

なにしろ、この男子とはまったくの初対面なのである。告白されたとはいえ、そんな相手と付き合うなどありえない。

「えっと……」

なんか言わなくちゃ、とやっとのことで声を絞り出すと、何かを感じ取ったのか木村は手を前に出して、それを遮《さえぎ》った。

「いや！　返事は、今すぐでなくていいんだ。君にも事情があるだろうから」

亜弐はどきりとした。

木村五郎ははにかんだ微笑《ほほえ》みを浮かべた。

「よく考えてくれるとうれしいな……明日、またここで――じゃあ」

そう言うと木村は一枚の封筒を出して亜弐のブレザーのポケットに入れると、良いとも悪いとも返事を聞かず踵《きびす》を返した。そうして、ズボンのポケットに両手を突っ込むと、どこからか急に吹いてきた風にネクタイをなびかせながら去っていった。

口笛が聞こえてきそうだった。


木村五郎が行ってしまうのを待って、枡田清美は校舎の陰から出た。

長い髪はいつものようにポニーテール。ブレザーの前のボタンは窮屈《きゅうくつ》だから外していて、白いベストの下で胸が挑むように膨《ふく》らんでいる。

清美がなぜここにいるかといえば、亜弐とはいつも、弓道部の活動が終わったあと一緒に帰ってファミレスの『ロード』でお茶するのに、今日は彼女が歯切れ悪く断ったので、それでピンときたのである。

亜弐が、よく自分への橋渡しを頼まれていることは知っていた。

今朝の下駄箱でのこともある。

なので今回もきっとそうだろうと思い、こっそりと覗《のぞ》きに来たのだ。

いいかげん、亜弐に頼んでも無駄だということは男子も知っているはずだから、中には逆ギレする男子もいるかもしれない。

そんなときに助けに入るつもりが半分。

ひょっとしたら今度こそは亜弐のことが好きな男子からの呼び出しかも、という覗き見根性が半分、という気持ちだった。

そうしたら——見事、後者のほうだったというわけだった。

靴が落ち葉を踏んで、かさ、と足音がしてしまい、亜弐がゆっくりと振り向いた。

(!……へえー、アニーのこんな顔、初めて見た)

顔が赤いのは、夕陽のせいばかりではないだろう。ほんの少しだけ開いた唇《くちびる》はリップで濡《ぬ》れて光り、童顔を助長している大きな瞳《ひとみ》は、うるるっ、と潤《うる》んでいる。眉《まゆ》が少し下がって、困ったような表情なのが、なんとも色っぽい。

(わたしが男だったらほっとかないけど……見る目ないよね、うちの男子は)

事実亜弐は、クラスの男子からは恋愛の対象からは除外されている。一五〇cmの小さな体で元気一杯だから手に負えない、という印象があるらしい。

「アニー、やるじゃん」

同性同士でしか見ることのできないあけすけな笑みを浮かべて、清美はぐっと親指を立てた。

こういう場合——例えば授業中にこっそりおやつを盗み食いしているところを清美が見つけたときなどは、即行、『やだ見てたのっ⁉』とかいう反応が返ってくるのがいつもの亜弐なのだが、今日は違った。

見ていても、見えていないというか……何の反応もなく、ぼーっとしている。

「おーい。大丈夫、アニー？」

「あ、うん……」

と言ったものの、ちっとも大丈夫なようには見えない。さっきから指はブレザーの裾《すそ》をいじりっぱなしだ。

「告白、されたんでしょ？」

「うん……そうみたい……」

「すごいじゃん。あの木村五郎に告白されるなんて」

ゆるゆると亜弐の瞳が動いて、清美に向いた。

（うっ♡）

今日の亜弐は可愛《かわい》すぎる。

我慢できずに、清美は亜弐をがばっと抱きしめた。こういう小動物的な目には、めっぽう弱いのだ。

部活のあとのシャワーでいい匂《にお》いのする髪をぐりぐりする。

「ダメだって、アニー！　そんな目で見つめられたら、みんな勘違《かんちが》いしちゃうぞ♡」

こんなときは大抵、『もーっ、うっとうしいっ！』と言って、突き放すようにするのがいつもの亜弐なのだが、やっぱり今日は変だった。されるがままである。

勝手なもので、そうなるとあまり面白くはない。

清美はとりあえず亜弐の可愛さを堪能《たんのう》するだけすると、腕を放して真正面からこの友人を見つめた。

二人の身長は二〇cmほど差があるから、キスするには丁度ピッタリな具合である。

きっといま誰かがここを通りかかったら、思い切り勘違いすることだろう。

(いっそ、その方がうるさくなくていいかな)

そう悪魔が囁《ささや》いたが、とりあえずそれは脇《わき》においておくことにした。

いまは、亜弐のことだ。

「ねえ、本当に大丈夫?」

「あ、うん……ちょっと、びっくりしちゃって……」

「そうだよね。あの木村五郎に告白されたんだから」

「清美……あの人のこと知ってるの……?」

「知ってるの、って。有名人じゃない。……まさか、知らないの?」

亜弐はこっくりと頷《うなず》いた。

「あっきれた……アニーが猪突猛進《ちょとつもうしん》タイプなのは昔からだけどさ、もう少し周りも見ないと、幸せ、逃しちゃうよ?」

「幸せ……」

「そ」

清美はうんうんと頷いてみせる。運命の恋人であるアヌビスに出会えたのは、ある意味亜弐のおかげだから、この親友にはぜひとも自分と同じ様に幸せになって欲しいのだ。

それには正直、あの優柔不断《ゆうじゆうふだん》ではっきりしない、ひきこもりの幼なじみ――御堂獏《みどうばく》がふさわしいとは今ひとつ思えなかった。

確かに性格は優しいが、なにしろあの男、亜弐と同棲《どうせい》していながら、他に三人もの女をひとつ屋根の下に住まわせているのだからどうしようもない。

いつもいつもやきもきしている亜弐を思えば、いっそきっぱりとあの男とは縁を切って新しい恋へ走り出すのがいいのではないか、と思わなくもない。

亜弐が、それでも獏がいいと言うなら、それはそれで反対はしないが、少なくともこのことは、あの優柔不断男との関係に一石《いっせき》を投じるチャンスにはなるだろう。

木村の言っていた通り、亜弐は考えてみるべきだ――それに獏も。

(そうと決まれば、同じ土俵《どひょう》に立たせてあげないとね)

木村のような有名人を知らないというのはびっくりだが、亜弐らしいといえばらしい。

「アニーさ、春の生徒総会の時に校長先生が木村くんを表彰したの覚えてない？　学園の名声を高めるのに貢献《こうけん》したとか何とかいうんで」

亜弐は首をひねった。どうやら憶《おぼ》えていないらしい。

「やっぱりね。……木村くんって写真部なんだけど、彼の撮った写真が海外の何とかいうすごい賞を貰《もら》ったんだって。どんな写真だったと思う？　なんと、戦場写真！　春休みに、内戦状態の国にプロの写真家のおじさんと一緒に潜入して、撮ったんだって。他にもいろいろ撮影した写真を通信社に売ったりして、ほとんどプロなんだって話だよ」

「へえ……」

「でも、木村くんが有名人なのはそれだけが理由じゃないんだ。彼、女の子をすっごく綺麗《きれい》に撮るの。写真部がモデルを応募すると、あっという間に定員オーバーよ。その目がアニーを選んだんだから、やっぱり見る目あるわ、彼。伊達《だて》に賞を貰ってないってことよね」

「うん……」

「――って、わかってる？」

「うん……」

だがそれは、とても『わかっている』様子ではなかった。

告白の余韻《よいん》が、まだ抜け切っていないのだ。

清美は軽くため息をつくと、この小柄な親友の背中を、ポン、と叩《たた》いた。

「帰ろ？　とにかく、ゆっくり考えてみるいい機会なんじゃない？　断るにしても、ＯＫするにしても、さ」

テーブルに並んだ皿を前に、御堂獏とアヌビスは首を傾《かし》げた。

綺麗に片付いた中に、ひとつだけほとんど手をつけられずに残った皿がある。

「私の味付けが悪かったのでしょうか？」

長い黒犬の顔の下顎《したあご》に手を当て、上半身裸の古代エジプトの男性の格好をした犬頭人身《けんとうじんしん》の犬神は、不思議そうだった。

「そんなことないと思いますよ。だってほら、他のみんなはちゃんと食べたんだし。とてもおいしかったです」

半袖《はんそで》のシャツにジャージのズボンという格好の獏は、眼鏡《めがね》の位置を直しながらそう言った。

アヌビスを慰《なぐさ》めようと思って嘘《うそ》をついたのではない。彼の今夜の料理は、いつにもまして出来がよかった。

今夜アヌビスが作ったのは、

『甘味噌《みそ》親子煮込み・エジプト風』

という、居酒屋のメニューにでも並んでいそうな料理だった。

彼はこの頃、お国のエジプト料理や、イギリスにいた頃に憶えたフィッシュ&チップスとキッシュ以外にもレパートリーを増やそうと、昼間にやっている料理番組などを見ては、挑戦することが多い。

前は、アヌビスが主《あるじ》であるイプネフェルと自分の料理を、獏はみーこのを、他のみんなの分を亜弐が作るという感じだったのだが、この頃は手の空いている者が当番をする、という風に変わってきていた。

冬にある弓道の大会に向けて、亜弐の部活動が忙しくなってきている、という理由もある。

ちなみに、『甘味噌親子煮込み』の何が『親子』なのかといえば、鳥の手羽と卵を一緒に煮込むところからきている。『親子丼』の『親子』と同じである。

「やはりニンニクを入れすぎたのでしょうか？」

「うーん……でも、玖実《くみ》さんが綺麗に食べてくれてるんですから……」

妖狐《ようこ》の化身《けしん》である天御門《あまみかど》玖実は、京《きょう》の出身だからか何事も薄味を好む。その彼女ですら、骨しか残さなかったのだから、問題は味ではないような気がする。

だいたい、あの《亜弐》が料理を残すということ自体、普通ではない。

貘の知る限り、横から取られたことはあっても、残したところなど一度も見たことはなかった。

「鬼の霍乱《かくらん》かなあ……」

ぼそり、と貘は呟《つぶや》いた。

「なんですか、それは？」

「ああ、絶対に病気なんかしそうもない人が病気になるような事態のことです」

「アニー様は、ご病気なのですか⁉」

「た、たとえです、たとえ！」

アヌビスがピンと耳を立てたのを見て、獏は慌《あわ》てて否定した。

「そうですか。驚きました」

「すいません。……でも、病気じゃないにしても、よく考えてみると今日の亜弐ちゃん、なんだか元気がなかったような気がしますね。ぼーっとしてたというか」

「確かに……姫様がコミュニケーションを取ろうと話し掛けても、あまりお返事をされなかったですし」

あれをコミュニケーションと呼ぶのはどうかと思うが、獏はあえて否定はしなかった。

今夜もイプネフェルはいつものように、下着を着けずに、カラシリスという肌が透けるほど薄い布を使った古代エジプトの高い身分の女性の服装で食卓についた。

そして、獏に関することで亜弐をからかったり、チョコレートプリンのような大きな胸を見せ付けるようにして、彼女のコンプレックスを刺激しようとしたのだ。

だが、亜弐はまったく上の空だった。

ちっとものってこない彼女が、ろくに料理に手をつけずにテーブルを立ってしまうと、イプネフェルも、

「おもしろくないのう」

とふくれて、食事が済むとさっさと自分の部屋へ戻ってしまった。

おかげで食後のお茶は非常に平和だったが、それはそれでなんとなく物足りなかった。

「……亜弐ちゃん、学校で何かあったのかな」

そう呟いた時、外のインターホンのボタンを誰かが押して、玄関の電話が鳴った。

「あ、お客さんだ。……誰だろう、こんな時間に」

時計は夜の八時を回っている。陽が暮れてから御堂の敷地に足を踏み入れるとは、相当勇気がある訪問者だ。なにしろ庭には、イプネフェルが蛇女神《へびめがみ》の《呪力《じゆりよく》》で蔵が姿を変えた、生きたスフィンクスがあるからだ。

「キヨミ様ですよ」

受話器を取ることなく、アヌビスはそう断定した。

「枡田さん？」

「ええ。バク様がご入浴されている時にお電話があって、これからいらっしゃると……申し上げていませんでしたか？」

獏はプルプルと首を振った。

「アニー、帰ってきてからずっと上の空だったんじゃない？」

アヌビスの膝《ひざ》の上に横座りになった清美は、ずばり、そう言った。

今はポニーテールを下ろしている恋人（？）を乗せながら、アヌビスはいたって真面目《まじめ》な顔を崩していない。

「やっぱり学校で何かあったの？」

　そう聞いた獏の膝の上では、化け猫のみーこが巫女姿でご飯の残りの鳥の骨を飴《あめ》のようにしゃぶっていた。恋人（？）に乗りながら、みーこの顔はふにゃふにゃである。

「ふーん……そのくらいは気づいたんだ」

　アヌビスの逞《たくま》しい胸に寄りかかりながら、清美は少し感心したように言った。

「一応、見てるところは見てるのね」

「アヌさんの料理は完璧《かんぺき》だったから、ご飯を残す理由って他にないよ」

　体の調子が悪いとか、おやつを食べ過ぎたとかいう発想はないのか、という突っ込みが入ると思ったが、清美はさも当然と言うように頷《うなず》いた。

「それは言えるわ」

「だよね」

「でもそれじゃあ、わかって当然ね。——あーあ、アニーはやっぱり考え直した方がいいと思うな、わたし」

「なんのこと？」

　清美は、ずい、とテーブルの上に身を乗り出した。

「あのね、わたしはアニーには幸せになって欲しいの。ご両親が離婚されて、仕方なく君と一緒に住むことになって、ここでシンデレラのように働かされてる状況を幼なじみとしてどう思う？　幸せになって欲しいと思わない？」

「そ、それは思うけど……でも、シンデレラって、なに？」

「御堂、あの童話読んだことないの？　イジワルな三人の女に無理難題を言われて夜も昼もなく働かされる可哀想《かわいそう》な少女の話よ。アニーの境遇にピッタリでしょ？」

敏感に、アヌビスの耳が動いた。

「……キヨミ様、そのイジワルな女、という中に、よもや姫様は入っては――」

頭の上から降ってきた声に、清美はピシッと固まると、慌てて首を振った。

「ま、まさか！　わたしの言いたかったのは、そんなシンデレラにも幸せになる権利はある、ってことですから！　あははー」

それを聞くと、満足したようにアヌビスは頷いた。

(ず、ずるい)

と獏は思ったが、心底ホッとしている清美を見ると、あえて触れる気にはならなかった。

今のたとえはともかく、彼女が亜弐に幸せになってもらいたいと思っているのは本当だ、とわかるからだ。

「えーと、それで？　学校で何があったの？」

「え？　ああ、それそれ。――アニーね、今日、告白されたの」

「机に、馬鹿って書いたのは私です、って？」

数日前にそんな事件があったのだ。朝、登校してみると、油性マジックでデカデカと書いてあったと言って、亜弐は怒っていた。

「違うわよ。告白っていったら、愛の告白に決まってるでしょ？」

「…………ええっ⁉」

獏が驚いて大きな声を出した拍子に、みーこの猫耳が、みょん、と出てしまった。普通なら慌てて隠すところだが、清美は事情と正体を知っている。

驚きもしない。

恋人（？）が犬になるのだから、このくらい何ともないのかもしれないが。

「なんで驚くのよ？」

「いや、だって、そんな話、全然聞いたことないから……」

「うちの男子は見る目ないからねー。アニーの良さをわかる男子ってそういないのよね。……どんな人か気になる？」

うぐっ、と獏は言葉に詰まった。

正直すごく気になるのだが、それを亜弐本人ではなく、間接的に聞いてしまってもいいのだろうか？

「……その顔は、気になってる、って顔ね」

「ははは……」

「有名人よ。木村五郎、っていうの。うちの学校の写真部で、戦場写真で海外の有名な賞も取ってるわ。アニーの机に落書きしたのも、彼のファンじゃないかな。告白する前に気づいた人がいるんだろうね。それに——」

清美は、少し声のトーンを落とした。

「彼、女の子を撮るのがすっごく上手《うま》いの」

「それって、まさか……」

猥の頭の中で、いけない妄想《もうそう》が暴走した。

（ふふ、綺麗だよ……じゃあ、ちょっと脱いでみようか？　大丈夫、怖くなんかないからね。今の君の美しさを永遠に閉じ込めたいだけなんだ。これは芸術さ）

そんなことを言いながら、顔も知らない男子が女生徒の服を脱がしていく。

「……ヌード⁉」

「ちがうわよ、いやらしい」

「ご、ごめん」

「普通のポートレートよ。でも、ほんっとうに素敵なんだから。写真って、撮った人の気持ちがでる、っていうでしょ？　普通に撮っても上手《じょうず》なんだから、彼がアニーを撮ったら、好きっていう気持ちが加わって、きっとすごい写真になると思うわ。——どう、気分は？」

「どう、って言われても……」

獏は笑おうとしたが、顔の筋肉が引きつったみたいに笑えなかった。

「アニー、明日の放課後に返事するみたいよ。ＯＫするなら、この家を出てくかもね」

「えっ⁉」

「それはそうでしょ？　彼氏がいるのに、幼なじみっていっても男子の家に一緒に住んでたらまずいじゃない」

「それは、そうかもしれないけど……」

「わたしはアニーが幸せになってくれればいいから、どういう答えを出しても応援するつもり。さて。君は、どうするの？——御堂」

清美が訪ねてきていることも知らず、亜弐は一人、Ｔシャツにショートパンツという格好で、部屋のベッドに転がって、天井を見つめていた。

ラジカセからは、どこぞのアイドルの、ファンでなければ別に面白くも何ともない番組が流れている。

もっとも今の亜弐には、それがたとえ『絶対確実！　あなたの胸をＤカップに！』という内容であっても、聞こえてはいなかっただろう。

——『好きだ』

その言葉が、ずっと頭の中をグルグルしている。

帰りながら清美と何を話したのか、それも憶《おぼ》えていない。生返事をしながら、ずっと彼の声を聞いていた気がする。

せっかくアヌビスが腕を振るった夕食も、照りといい香りといい、おいしそうだと思うのに、なぜかおなかは一杯で、一口しか食べられなかった。

イプネフェルもいろいろ言っていた気がしたが、ちっとも気にならず、何を言われたかも思い出せない。

——蘇《よみがえ》るのは、彼の声ばかり。

『好きなんだ鷹村さん。ずっと見てた。付き合って欲しい』

そうも言っていた。

(木村くん、だったっけ……)

夕陽の中にたたずむ彼は、白い歯をきらりと輝かせて、涼しげな瞳《ひとみ》で微笑《ほほえ》んでいた——気がする。最初はへのへのもへじだったのに、えらい出世である。

正直、彼の去り際《ぎわ》の言葉、

『よく考えてみて』

という言葉には、どきりとさせられた。

確かに、今の自分のこの状況は考えてみるべきなのかもしれない。

イプネフェルの《呪い》に対抗できる護符《ごふ》と武器は手に入れたものの、それ以外の状況は何も変わっておらず、むしろ《女》としての魅力オンリーの勝負になってなんだか分《ぶ》が悪くなった気もしていたのだ。

みーこのような猫耳と尻尾《しっぽ》もなければ、イプネフェルや玖実のように立っているだけで男の人がよってくるようなプロポーションもない。唯一の武器は《幼なじみ》だが、それだけであの三人に勝っているとはとうてい思えなかった。

そんな自分でも、彼は好きだといってくれた。

珠《たま》ヶ咲《さき》学園女子生徒二百五十人の中から、あたしを選んでくれたのだ。

(そういえば……)

彼が去り際にポケットに何かを滑り込ませたのを思い出して、亜弐は体を起こした。

立ち上がり、壁のフックにかけてあるブレザーのポケットに手を突っ込むと何かが指に触れ、引き出してみると、それは真っ白な封筒だった。

「…………」

封はされていない。

ゆっくりと開くと、中には白い厚紙のようなものが入っていた。何かはすぐにわかった。写真の裏面だ。

亜弐は指紋をつけないように、端をつまんで引き出し、表に返した。

「!」

そこには、亜弐が写っていた。

昼休みの屋上だ。

清美と並んでベンチに座っている、ただそれだけの写真。

その四角く切り取られた世界の中で、おしゃべり中の夏服の亜弐が複雑な表情をしていた。

怒っているようにも見えるのだが、口元は明らかに笑っている。

いつものように獏のことを話しているのだろう。

明るいその声すらも聞こえてきそうな、そんな写真だった。

――きゅ、と胸が締めつけられた。

写真の中の自分は何を話しているのか、本当に楽しそうだ。そう見えるのは、撮った人間の想《おも》いがそこにこめられているからだろうか？

だとしたら。

獏はこんな風に、あたしを写してくれるだろうか？

写すことが、できるだろうか？

カメラはある。

確か、修学旅行から帰ってきたあとで、やっぱりちゃんとしたカメラを持っていくべきだったとか何とかいって、獏がどこからか古いカメラを引っ張り出してきていた。

それからしばらく、いじっていたはずだ。

（確か、みーがよく写らないとかなんとか言ってたよね）

亜弐自身も何枚か撮られた覚えがある。あのカメラ、まだしまっていないかもしれない。

（頼んで、みようかな……）

いま撮って、明日の朝学校の傍の写真屋さんにＤＰＥを頼めば、お昼休みには出来上がる。

答えは、それを見てからにしよう。


「何をしておるのじゃ？」

テーブルに肘《ひじ》をついて天井を見つめていた貘は、背中からかかった声に我に返った。

ＴＶの画面は青一色になっている。気を紛《まぎ》らわそうと見ていたビデオは、いつのまにか終わってしまったらしい。

貘は振り返ると、イプネフェルに向かって曖昧《あいまい》な笑みを浮かべた。

「ちょっと……考え事をしてて」

「ふむ。——インプはどうした？」

「アヌさんなら、枡田さんとデートですよ」

「なんじゃ、散歩か」

イプネフェルは胸の下で腕を組むと、少し不満げに鼻を鳴らした。清美は時々、デートと称して犬の姿のアヌビスと散歩に出かけるのだ。

「飲みそこなった紅茶を淹《い》れさせようと思ったのだがな」

「あ、じゃあ、僕が淹れましょうか？」

「バクがか？」

青くアイラインを引いたアーモンド形の瞳を細めて、思い切り不信げである。

それも仕方ない。なにしろ獏は調理全般が下手《へた》なのだ。つくれるのはあいかわらず、みーこのための洋風ねこまんまだけである。

「煎茶《せんちゃ》でよろしければ、わたくしがお淹れいたしましょうか？」

そう助け舟を出してくれたのは、白い長襦袢《ながじゅばん》姿の玖実だった。

リビングの入り口に立って薄く微笑んだ彼女は、やっぱり下着を着けていない——というか、薄手の長襦袢こそが着物用の下着である。彼女は、イプネフェルと同じで着物の似あう日本人体型をしていないので、襟元《えりもと》が崩れて大きくて白い胸がこぼれそうになっている。

獏は、ぐりん、と首をねじって目を逸《そ》らした。

「お、お、お願いします」

細い目を更に細めて、では、と彼女がキッチンに入って、獏はようやくホッとした。

「えっちなやつめ♡」

からかいを含んだ声でそう言われ、獏は、あははと笑うしかなかった。

やがて、湯呑《ゆの》みを三つお盆に乗せて戻った玖実は、イプネフェルが獏の右隣に座るのを見ると、わざわざ彼の左隣の椅子《いす》を選んで腰を下ろした。

貘は巨乳の美女二人に挟まれて、身動きのできない状況になった。

その状況で、のんびりお茶など楽しめるはずもない。

なにしろしょっちゅう柔らかい二の腕が当たるし、すぐ隣で目も眩《くら》むような大きな胸が何かというと存在を誇示するように、ふるん、と揺れるからだ。

「で？　アニーがどうしたというのじゃ？」

突然イプネフェルが言って、貘は、ぶう、と口に含んだばかりのお茶を噴出してしまった。

「あらあらあら」

玖実がすぐにどこからか手ぬぐいを出して、テーブルを拭いた——と思ったら、それは腰紐《こしひも》だった。

はらり、と前がはだける。

「だらしない奴《やつ》じゃな」

口からお茶が滴《したた》るのも忘れていると、貘は無理矢理イプネフェルの方を向かされた。

逃げる間もなくビターチョコレートのくちびるが近づいてきて、

——ちゅっ
滴《しずく》を吸われた。

「わ！」

貘は瞬間的に赤くなって思わずのけぞった拍子に、そのまま椅子ごと後ろに引っくり返り、大きな音と衝撃が背中から胸に、そして頭に突き抜けて、目の前で星が散った。

「大丈夫ですか、貘様？」

「やれやれ。騒がしいやつじゃな」

「ううう……」

呻《うめ》きながらずれた眼鏡《めがね》の位置を直すと、世界が逆さに見えた。

「あ——」

リビングの入り口に、亜弐がぶら下がって——いや、立っていた。

こめかみには怒りが形となって浮かんでいる。

「……そうよね……結局、貘っていっつもこうなのよね。貘に写真を撮ってもらえば、何かわかると思ったけど……そんなことするまでもないわよね。どうせ……どうせ……バカみたいに怒ってる顔しか写らないわ！　人の気持ちも知らないでっ！　貘のバカッ!!」

叩きつけるように言うと亜弐はくるりと踵《きびす》を返し、ドタドタと階段を二階へ走っていってしまった。その足音は、地獄まで届くのではないかと思うほどに激しかった。

「ふむ……なにやら機嫌が悪いようじゃな」

「ええ」

絶対にその一因である二人は、そう暢気《のんき》に言ってお茶をすすった。

貘はただひとり、深い深いため息をついた。

翌朝、亜弐は朝食もとらず、朝早く一人出て行った。

といってもそれは、みーこの朝ごはんのあとだったので貘は起きてリビングにいて、その足音に気がついて玄関に出て行くと、もう靴を履いていた。

背中を丸めて靴の具合を直している亜弐の背中は、いつもよりも小さく見えた。

横にはいつもの革鞄《かわかばん》とスポーツバッグがある。

「朝ごはん、食べないの?」

「…………」

「この時間だと、まだバスの本数少ないんじゃないかな」

「…………」

「あの、写真のことなんだけど——」

それを聞いた途端、きっ、と振り向いた亜弐の表情は、それ以上の言葉を貘が口にすることを許してはいなかった。

貘が黙ると、亜弐は無言のまま鞄を持って玄関を出て行った。

「いってらっしゃい!」

と言ったのだが、それはドアに跳ね返って虚《むな》しく響いた。

「亜弐さん、どうするんかなあ……」

ズボンにしがみつくようにしていたみーこが呟いた。

「御主人様、ほんまは亜弐さんの写真、撮るつもりやったんでしょ？」

「そうだったんだけどね……」

と言った獏の後ろに隠された手には、小さなAPSカメラが握られていた。昨夜、あれから部屋の中を引《ひ》っ掻《か》き回して探したのだ。

けれど、今の亜弐の顔を撮っても、余計に怒らせるだけだろう。それに——

「こんなカメラじゃ……」

獏が持っているのは、インターネットの懸賞《けんしょう》で当たった適当なものだ。

いくらそんなもので撮っても、写真部の何とかいう男子生徒の機材に敵《かな》うわけがない。その生徒はきっと、何百万もする天体望遠鏡のようなレンズとかを何本も持っているに違いないし、技術だってそれこそ天と地だろう。

ため息をついて獏はそれをズボンのポケットにねじ込むと、無理矢理笑顔を作った。

「さあ、イプ様たちを起こしに行こうか？」

「いやや！」

みーこはどろんと白猫の姿になると、あっというまにリビングに駆け込んでしまった。

同じ日の午後、獏は珍しく一人になった。

午前中、いつものようにイプネフェルの奴隷《どれい》としての仕事――肩を揉《も》んだり、軟膏《なんこう》を塗ったり、古代エジプト王朝以降の歴史の勉強をしたり――をこなしていたのだが、気が入っていなかったのはバレバレで、

「もうよい！」

と彼女を怒らせてしまい、指の一振りで屋敷の三階を改造した神殿から追い出されてしまったのだった。

それきりお昼にも降りてこなかった。アヌビスも一緒である。

玖実も朝食のあと、習慣になっている修行があるということで、部屋として使っている一階の客間に籠《こも》っている。

みーこもお昼前に出かけて、姿が見えなかった。

久しぶりの自由な時間だというのに、好きな古代史の勉強も、インターネットショッピングもする気が起きなかった。

獏はリビングで、カメラと一緒に見つけた雑誌の付録のような小冊子《しょうさつし》を前にして、うっとうしいため息をつく以外にすることもなかった。

原因はわかりすぎるほどわかっている。

――亜弐のことが、気になって気になってしょうがないのだ。

そのキムラ何とかいう生徒が、亜弐に豪快に振られてしまえばいいとか勝手なことを思っている自分がいる。

「わるいけど、好みじゃないんだ。ごめんネ」

と言って颯爽《さっそう》と身を翻《ひるがえ》して男のもとを去る亜弐の後ろで、キムラなんとかががっくりと膝《ひざ》から崩れ落ちる――そんな場面を何度も考えてしまう。

するとなぜか、それとはまったく逆の、

「あたし、あなたのことが好きになっちゃった」

と言って、気障《きざ》ったらしい（獏の勝手なイメージである）キムラ何とかいう男子の胸に飛び込んで抱きしめられる亜弐の姿が、望みもしないのに浮かび上がってきて、

どよーん……。

ひどく落ち込んでしまうのだった。

（ほんと、勝手だよなあ……僕って）

獏はこの世の終わりを告げられたかのようなため息をついた。

別に恋人というわけでもないのだから、口を出すべき問題ではないとわかってはいる。

もちろん亜弐のことは好きだ。

けれど、それと同じくらいに、イプネフェルのことも好きなのだ。

みーこも、玖実のことも、同じくらい好きだ。

（……結局、僕はただのよくばりな子供なんだろうな）

他人が聞いたらぶん殴《なぐ》られそうなほど思い切り自分勝手だが、それが今の獏の正直な気持ちだった。

だからといって、それを口にするほどには、傲慢《ごうまん》でもふっきれてもいない。

獏にできることは、何であれ結果を受け入れること——それだけだった。

ふと気がつけば、時計は三時を回っていた。

そろそろホームルームも終わる頃だろう。亜弐と同じ歳《とし》の獏だが、すっかり学校に行かなくなって久しかったので、その辺の時間割の感覚は曖昧《あいまい》だった。

どのみち、返事をする時間は近い。

「……はあ」

地の底に沈みこんで行きそうな大きなため息が、また口から出た。と——

——ぱかん！

後頭部を叩《たた》かれ、獏は思い切りテーブルに突っ伏した！

「あいたっ！」

「ええい、うっとうしい！」

その声に、鼻が赤くなった顔を上げて振り返ると、むっつり顔のイプネフェルが立っていた。朝と違って彼女は、『魔』とでかでかとプリントされたTシャツの上に黒のジージャンを羽織り、下もジーパンという、お出かけスタイルだった。

アヌビスは、いつもの古代エジプト人スタイルではなく、原種のグレイハウンドの姿だ。

「イ、イプひゃま?」

鼻をさすりながら獏が驚いていると、イプネフェルは、ふん、と鼻を鳴らした。

「いくぞ」

「行くって……どこへですか?」

「決まっておろうが。コーコーとかいう場所じゃ。アニーの奴がバカなことをしようとしておるのじゃろう?――ったく、あのバカはすぐに周りに惑わされおって……まあ、だからこそかわいげもあるのじゃがな」

獏はハッとしてアヌビスを見た。

彼は申し訳なさそうに、犬の耳を後ろに寝かせた。

「申し訳ありません、バク様。問われれば、答えないわけにはいかないのですよ」

「わらわに隠し事をしようなどとは、三千三百三十三年早い!――行くぞ!」

「ち、ちょっと待ってください!」

「……なんじゃ?」

「そんな……邪魔しちゃダメですよ……」

びしっとイプネフェルは獏の赤い鼻に指を突きつけた。

「バク。おまえはアニーが他の男とくっついて、この家を出て行ってもいいというのか？　アニーがその男の下で、あの貧相《ひんそう》な体を開いて悶《もだ》えてもいいのか⁉」

獏はがっくりと首をうなだれた。

「うう……イプ様、またどこでそんな言い回し憶えたんですが……」

口ではそう言ったものの、実際に彼をへこませたのは、亜弐のその未来図を思わず想像してしまったからだった。言ってみれば、好きなアイドルが朝帰りをスクープされたのを知ったような感じだろうか。

「ふん。それほど落ち込むなら、止めればよいではないか。嫌なら嫌だと言えばいいのじゃ。それでもアニーがその男がいいと言うなら仕方がない。じゃが——」

イプネフェルは獏のシャツの胸元を、ぐい、と摑《つか》んだ。

「行動もせずにうじうじと悩んだり、相手を思いやっている振りをして妥協《だきょう》するなぞ、わらわの奴隷には許さぬ。おまえも、アニーもじゃ」

どん、と手を離す。獏は椅子から危うく落ちそうになった。

「まったく、世話の焼ける奴隷どもじゃ。——ん？　それはなんじゃ？」

「あ、ダメで——」

獏が隠すよりも早く、イプネフェルの手がテーブルの上の小冊子を摑んでいた。

ぱらぱらとめくり、そして、

「なるほど、な。これで対抗しようというわけか。ただいじけていたわけではないようじゃな」

「そんな……対抗なんて無理ですよ……」

「無理かどうかはアニーが決めることじゃ──行くぞ！」

イプネフェルはその小冊子を獏の頭に、ぽん、と載せると、ジージャンを翻《ひるがえ》してリビングを出て行った。後ろを気にしながら、犬の姿のアヌビスが続く。

獏は……十秒ほど悩んだあとで、すっくと立ち上がると、小冊子を手にイプネフェルの後を追って駆け出した。


「写真は見てくれた？」

ブレザーの制服のネクタイをほんの少し緩めたその男子生徒は、昨日と同じように亜弐を真っ直ぐに見つめてそう言った。

夕暮れの校舎裏。沈みかけた夕陽が、二人の影を長く伸ばしている。

他には誰もいない──わけではない。

校舎の陰では、清美が隠れて様子を窺《うかが》っていることを、亜弐は知っている。

「うん」

と亜弐は頷いた。

「あなたの撮った、他の写真も見せてもらった。すごく上手だよね。女の子たち、みんな輝いてたもの。あの表情、あなたが引き出したんでしょ?」

「そうだね。でも、それは元々その女の子が持っていたものだよ。こういう言い方をすると気障でいやだけど……僕はきっかけを与えてあげただけ」

「そうね。ちょっと気障かも」

亜弐は笑い、木村もまた笑った。

告白の返事を聞く、という身構えたような硬い空気がほぐれる。

「……ねえ、どうしてあたしだったの?」

「どうして、鷹村さんを好きになったのか、ってこと?」

「うん。だってあたしって、背は低いし、胸だってないし、大食いだし——って自分で言ってて、ちょっと悲しくなってきたな」

亜弐は、てへへ、と苦笑いした。

「でも、ま、それが事実でしょ? 不思議だなあ、って思って。あなたが撮った女の子たちの方がずっと美人だから」

「……成長、かな」

慎重に言葉を選ぶように、木村は言った。

「正直、僕は初め枡田さんのスナップを撮るつもりだったんだ。学校の広報に載せるためにね。最初は……確か春だったかな。それが好評でまた頼まれて、それから何回もファインダーを覗《のぞ》くうちに、気がついたら僕は鷹村さんの方をレンズで追ってた」

「どうして？」

木村は、照れたように視線を外した。

「……ファインダーを覗くたびに、どんどん綺麗《きれい》になってくから」

「！」

亜弐の頬《ほお》が夕陽のように綺麗に染まった。

ズボンのポケットに手を突っ込んで、木村は靴の爪先《つまさき》で軽く土を掘るようにした。

「だから、これからずっと君を撮っていきたいって思ったんだ。どうかな……？　僕と、付き合ってもらえるかな……？」

静かに深呼吸をして、亜弐は頬を染めたまま、ぎこちなく微笑《ほほえ》んだ。

「……ごめん」

木村の肩が、一瞬強張《こわば》った。

「好きだって言ってくれたことも、綺麗になってるって言ってくれたことも、すごく嬉《うれ》しかった。けど……ごめんなさい」

「……そっか」

彼は真っ赤な空を仰《あお》いで、少しだけ声を震わせてそう呟《つぶや》いた。一度肩が震え、そうして、ふたたび亜弐を向いたときには、彼の顔には少し寂しげな微笑みがあった。

「そんな気はしてたんだ。だから昨日、すぐに返事を聞けなかったんだろうな。……悔しいけど、鷹村さんを綺麗にするのは僕じゃないんだね？」

亜弐は少し考え、そうしてこっくりと頷《うなず》いた。

「うん、わかった。僕の方こそありがとう。……できることなら、鷹村さんをそんなに綺麗にした奴に会ってみたい気がするな。これから女の子を撮る時の参考になるかもしれない」

そう言って、木村は笑った。

それはやめておいたほうが——と言いかけたとき、校舎の陰で、

「あっ！」

と声が上がった。清美の声だ。

それを合図に、もどかしい魔法のような時間は解けて、辺りにはいつもの夕暮れが戻った。

「アヌビスさんだっ‼」

（もう！　そんなわけないじゃ……な、い……）

後ろを振り向いた亜弐は、しかし、信じられないといった顔になった。

そんなわけがあった。

夕陽の中、ぜいぜいと息を切らせた獏と、平然としたイプネフェル、それに犬の姿のアヌビスが立っていたのだ。

そのアヌビスの首には、早くも清美が幸せそうにしがみついている。

「木村君、ちょっとごめん」

呆気《あっけ》にとられている彼を残し、亜弐は小走りに獏たちの傍に駆け寄った。

心臓がドキドキいっている。もしかして――

獏は膝に手を置いて体を折り、ひゅーひゅーと息が苦しそうだった。

校門から思い切り走ってきたのだろう。

「な、なんでこんなところにいるの……?」

するとイプネフェルはチョコレート色の指で亜弐の胸を、とん、と突いて、青く縁取《ふちど》られたアーモンド形の瞳を微《かす》かに細めた。

「おまえは、そんなこともわからぬような阿呆《あほ》なのか、アニー?」

「な、なによ……」

「ったく、世話の焼ける奴隷どもじゃ。ほれ!」

イプネフェルは、獏のおしりをポンと叩いた。彼は思わずよろめいて、亜弐の前に一歩出る格好になった。

いつも顔を合わせている仲なのに、亜弐は思わず緊張してしまった。もじもじと何かを言いにくそうにしているせいかも知れない。

「な、なによ。な、何か言いたいことがあるの?」

「えっと……その……」

「あ、あたしが誰と付き合ったって、別に関係ないでしょ？　獏にはイプネフェルだっているんだし、みーだって、玖実さんだっているし」

こんなことを言いたいんじゃない――違うのに、口は止まらなかった。

「ほんとに何しに来たのよ。あんたなんか、さっさと帰ってひきこもってればいいじゃ――」

「亜弐ちゃん、これっ！」

誰か止めてー、と泣きそうだった亜弐の口は、ずい、と獏が何か小冊子のようなモノを差し出してくれたことでやっと止まった。

「こんなんじゃ、全然敵《かな》わないと思うけど……今はこれしかなかったんだ……」

それは、写真屋さんでDPEを頼むとくれる、小さなアルバムだった。

亜弐はそのミニアルバムを受け取ると、中を開いてみた。

(――あ)

そこには、何気ない日常の亜弐の様子を写した写真が収められていた。

どれもこれも、思い切り油断した顔ばかり。

きちんとメイクして撮る写真に比べたら、お世辞《せじ》にも綺麗とはいえない。だが――

亜弐はジャケットのポケットから木村に貰った写真を出して並べて見た。

切り取られた世界の中の亜弐は、どちらも同じくらい、生き生きと輝いていた。

機材の差、腕の差などは、ほとんど感じられない。

(やっぱり、そうなんだよね)

満足そうに、亜弐は微笑んだ。

(あたしが一番いい顔をする時は、いつだって獏が関係してる)

ぱたり、とアルバムを閉じると、亜弐はいつもの表情に戻って、にっと笑った。

「心配だった？」

「……うん」

「へー。今日は素直なのね。——大丈夫よ、断ったから」

「そ、そう……」

「うん、そう——あ、それなに⁉」

ズボンのポケットに入っていたAPSカメラを目ざとく見つけると、亜弐はそれをさっと取り上げた。

「あっ！」

「カメラじゃない。そうだ！　せっかくだからみんなで写真撮ろうよ！　フィルムは——ある。獏が学校に来るなんて、金輪際《こんりんざい》ないかもしれないし。えーっと……清美、シャッター頼めるかな？」

そう言うと、アヌビスの首を抱きしめるようにしていた清美は、あからさまに眉《まゆ》を寄せた。

「えー、わたしもアヌビスさんと一緒に写りたいー」

「そっかあ……困ったな……」

うーん、と亜弐は唸《うな》った。と――

「そういうことなら、あやつに頼めばよいではないか」

イプネフェルはあろうことか、チョコレート色の指を木村五郎に突きつけるようにした。

すっかり忘れられていた可哀想《かわいそう》なその男子生徒は、なぜか電気で打たれたかのように直立不動になった。

「あの、イプネフェル？　いくらなんでもそれはちょっと……」

「なぜじゃ？――そこな男！　構わぬであろう？」

「は、はい！」

反射的と思える速さで返事をしてすっ飛んできた彼は、自分でもなんでだかわからない、という顔をしていた。

「ごめんね」

と言って、亜弐はAPSカメラを木村に渡した。

数分後、彼の手の中でフラッシュが瞬《まま》いた。

魔

新しくアルバムに加わったその日の写真の中の亜弐は、貘の隣に立って、やっぱりとてもいい顔をしていた。

あらかると・冬

コールド狂想曲《ラプソディ》

イプネフェルと天御門玖実《あまみかどくみ》は、どうしたものかと考えあぐねていた。

暖房の効《き》いた部屋のベッドで、イプネフェルの奴隷《どれい》にして玖実の許婚《いいなずけ》である御堂獏《みどうばく》が、獣《けもの》のような唸《うな》り声を上げている。

別に、肌の透ける古代エジプト王族の衣装のイプネフェルに鼻息を荒くしているわけでも、黒い狩衣《かりぎぬ》を着ていてもはっきりとわかる、玖実の大きな胸に涎《よだれ》をたらしているわけでもない。

——病気なのだ。

顔は紅潮《こうちょう》し汗は流れ、にもかかわらず震え、はあはあと息は荒く目は虚《うつ》ろで、ときおり激しく咳《せ》き込む。

あまりに頭が熱いので、玖実の提案で、いちおう頭を冷やすための濡《ぬ》れた手拭《てぬぐ》いを乗せているのだが、あっという間に温《ぬる》くなってしまう。

——明らかに病気だ。

苦しそうな奴隷を見下ろしながら、イプネフェルは大きな胸の下で腕を組んだ。

チョコレートプリンの弾力で、ふるん、と揺れても、顔を赤らめる奴隷がこれでは面白くもない。

「どうしたものかの。わらわはこの国の病気はよく知らぬのじゃ」

形のいい眉《まゆ》を寄せて、イプネフェルは本気で困ったような表情になった。

隣で細い瞳《ひとみ》を更に細めて、玖実も息をつく。

「わたくしもずっと山にこもっていましたのでよくはわからないのですが……熱があり、鼻がつまり、咳《せき》が出る……これは、風邪《かぜ》、かと」

「カゼ？」

「はい。冬になると多くの人がかかります。寒風に長い時間さらされたり、湯冷めをしたりするとかかりやすいかと。……やはり、昨夜のことが原因では？」

「む……」

イプネフェルはビターチョコレートの唇《くちびる》を少し尖《とが》らせるようにした。

昨晩イプネフェルは、風呂《ふろ》上がりの獏に、近所のコンビニで肉まんを十二個買ってくるように命じたのである。

それというのも、獏が風呂に入っている間に見ていたTVで『究極《きゅうきょく》の肉まん』とかいうのをやっていて、それがあまりに美味《うま》そうだったせいだ。

真っ白な肉まんを二つに割ると、中から熱々の肉汁がじゅわあっと溢《あふ》れ出す……そんな映像を見せられて、我慢《がまん》できるわけがない。

一刻も早く食べたかったイプネフェルにせかされ、洗い髪のまま外に出た獏は、帰ってきたときには髪がバリバリと凍っていた。

「じ、じゃが、皆、うまいうまいと食ったではないか」

一人二個。

部屋にいて、獏の帰宅に合わせたかのようにちょうど降りてきた亜弐《あに》も、何も文句を言わなかった。肉まんを見て目を輝かせたくらいである。

その中にあって、一番幸せそうだったのは、他ならぬ獏だった。

一番苦労したものが一番益《えき》が多いのは世の理《ことわり》だが、あまりにおいしそうだったから、自分だけ良いもの――例《たと》えば高級トロ黒豚使用肉まん、とか――を食べているのかと思い、つい横から齧《かじ》りついたりしてしまった。

まったくの誤解だったのだが、獏は珍しく、

「ひどいじゃないですか!」

と泣いて抗議をするので、

「うるさいやつじゃな」

と、イプネフェルは自分の肉まんを齧ると、それを口移しで無理矢理食べさせた。

あとはもう、おなじみの騒ぎである。

「ま、まあ、原因はさておいてじゃな」

「さておくのですか?」

涼しい顔でさらりと言われて、イプネフェルは一瞬言葉に詰まった。この狐《きつね》は、虫も殺さないような顔をしてなかなか小憎《こにく》らしい。

「さておくのじゃ!……いまはバクの病気を、この、カゼとやらをどうにかする方が先であろ

う！　わらわたちでどうにかせねば、アニーに何を言われるかわかったものではないぞ！」

イプネフェルは、ぐっと拳《こぶし》を握って見せた。

くやしいが、こんなときは一番頼りになる、その亜弐だが――

彼女は一泊二日で東京に出かけてしまっている。弓道の大会があるとか言っていた。

大荷物を抱えて、

「あたしがいないからって、獏に手を出したら殺すからねっ！」

と過激な捨《す》て台詞《ぜりふ》を残していったのが今朝のことだ。

もしも帰ってくるまでに獏を治すことが出来なかったら、亜弐は、弱りきったこの奴隷をかいがいしく介護《かいご》しながら、

「ダメな人たちねー」

とか、

「やっぱりあたしがいないとダメなのよねー」

とか、

「はい、獏。あーん♡」

とか言いながら、ここぞとばかりに、いちゃついてみせるに違いなかった。

それは絶対に許せない。エジプト王国・聖統第三十一王朝の女王の沽券《こけん》に関《かか》わる。

「絶対に治さねばならん！」

「わたくしも、貘様のご病気を治してさしあげることには異論はないのですが……イプネフェル様は、この家のどこにお薬があるかご存知ですか？」

「知らぬ！」

「……少しは考えてからお返事なさってもよろしいのではないですか？」

「考えても、知らぬものは知らぬ。インプか猫でもいればわかるのじゃが」

その犬神のアヌビスと、化け猫のみーこだが……二匹は仲良く湯治《とうじ》に出かけてしまっていた。何でも『獣《けもの》物ノ怪《け》会』とかいう集まりに呼ばれたらしい。そっちも一泊二日の予定で、今朝の出発だった。

実は《金毛九尾ノ狐《きんもうきゅうび》》である玖実にも声はかかったのだが、寒い中を出かけるのが嫌でもあり、亜武も出かけるということで、のんびりとすごしたかったので丁重《ていちょう》にお断りをしたのである。それなのに……

玖実は深いため息をついた。

「仕方ありませんね。お薬を買おうにも、どこにお金があるのかわかりませんし……」

「おまえの、なんと言った？　オミョージツで治らぬのか？」

「陰陽術《おんみょうじゅつ》ですか？——確かに、術の中には人形《ひとがた》に病《やまい》をうつして祓《はら》うものもありますが……おそらく、貘様には効かぬかと」

「なぜじゃ」

「獏様は、わたくしたちのような存在やその術に対して、おおよそ考えられぬほど強い耐性を持っておられます。わたくし程度の技ではとうてい通用しないかと」

「試す価値はあろう」

イプネフェルは譲らない。

無理だとは思うが、彼女の言うことにも一理ある。それに、やって見せなくてはいくら言葉を重ねても納得しないのが、イプネフェルだった。

「……そうですね。では」

玖実は狩衣の懐《ふところ》から一枚の紙を切って作った《撫《な》でもの》とよばれる人形を取り出すと、九字《くじ》を切りつつ呪文《じゅもん》を唱え、それを珠《たま》の汗の浮いた獏のおでこに、ひた、と押し付けて、鋭く指を離した。人形は見えない糸に引かれるように空中へと舞い上がり、そこで青い炎を発して燃え尽きた。

「……どうじゃ？」

大きく肩で息をつき、玖実は首を振った。確かに獏は、少しも楽になったようには見えなかった。

「わたくしの知る民間療法を試しましょうか？」

玖実がそう言うと、うむ、とイプネフェルはどこまでも偉そうに、大きく頷《うなず》いた。

「長ネギが必要です」

　と玖実は言った。

「風邪には長ネギです。長ネギは万能です。風邪を治すにも実に色々な使い道があります」

「うむ」

「まずはそれを探しましょう。たぶん冷蔵庫か、床下倉庫にあると思います」

　二人は、唸っている獏のタオルを取り替えてから一階に降りた。

　冷蔵庫がどれかくらいは、なんでも人任せのイプネフェルにもわかる。イプネフェルはそっちを、玖実は床下倉庫を探すことにした。

　キッチンの床を引き上げると、梯子《はしご》が現れて、玖実はそれを下りた。

　一方でイプネフェルは適当にドアを開けていく。

　倉庫に入った玖実は、夜目《よめ》がきく瞳で電灯のスイッチを見つけると、明かりを点《つ》けた。

（……これは、なさそうですね）

　ここにあるのは、食材などではなく《ローカスト》という名で知られる獏の父、トレジャーハンター御堂晩三郎《ばんざぶろう》が集めた品々だ。

　その時、烏帽子《えぼし》の中から、玖実の親友の白鼠《しろねずみ》の鰐丸《わにまる》と蛇丸《へびまる》が顔を出した。

「どうしたのですか？」

「チュッ。チュチュ」

二匹がそろって、同じ方角を向いていた。

見れば荷物の隙間《すきま》から、見慣れた緑の葉がのぞいている。長ネギだ！

「まあ、見つけてくれたのね、ありがとう」

玖実は長ネギの所へ行くと、それを、ぐい、と引いた。途端――

「う、きゃあああっ！　いたっ、いたっ、いたっ」

積んであった荷物がガラガラと崩れて、次々と背中に落ちてくる！

たちまち、玖実はその下敷きになってしまった。

「けほっけほっけほっ」

もうもうと埃《ほこり》が立ってむせ返り、細い瞳にじわりと涙が滲《にじ》んだ。

いったい何年掃除をしていないのか。獏の風邪がきちんと治って元気になったら、ぜひ掃除を提案しよう、と玖実は考えた。

そのための長ネギは手の中に――

「ああ、なんてことでしょう」

荷物の下敷きになったまま、玖実はがっくりした。それは長ネギなどではなく、緑色のバトンだったのだ！

――どうしてそんなものがここにあるのかはわからなかった。

（もしかするとこれも《オーパーツ》なのでしょうか？……必ず一位になれる伝説の緑のバト

ンとか)

もしそうだとしても、これでは獏の風邪は治らない。

とにかく長ネギを探すのが先決だ。

玖実は体を起こそうとして、

(う、動けません)

そのことに気がついた。足袋《たび》を履《は》いた足を必死に動かしてみたが、いったい何が乗っているのか、びくともしない。

「あ、ああっ、だ、誰か! イ、イプネフェル様っ! ち、ちょっと来てくださいましっ!」

白い足袋をパタパタとさせながら、玖実はほとんど涙声で叫んだ。

動かすこと数分。

ぎしぎしと梯子が軋《きし》む音がして、イプネフェルが来てくれたのがわかった。

「……なにをしているのじゃ?」

「ネギを探していたら、下敷きになってしまったのです。どうか、お助けくださいませ」

「《九尾》の力を使えばよかろう」

「…………」

「もしかして、思いつかなかったのか?」

「……はい」

「早くせいよ。それらしきものは見つけたのじゃが、どれなのかわからん」

再びぎしぎしと梯子が鳴って、イプネフェルが行ってしまったのがわかった。

玖実は小さくため息をついた。

(長いこと人でいたものですから、ついつい忘れてしまいますわ……んっ！)

ふわり、と荷物が浮き上がると、それはあっという間に元の通りに積みあがった。

のろのろと立ち上がると、玖実は狩衣《かりぎぬ》についた埃を払った。

梯子を上がろうとして、手の中にまだバトンがあることに気がつき、それを木箱のひとつの上に置いて床下倉庫を出た。

「……来たか。で、どれがおまえの言った長ネギじゃ？」

少し疲れた顔をして、玖実は野菜室を覗《のぞ》き込んだ。

色とりどりの野菜が、季節もへったくれもなく入っている。

す、と手を伸ばし、玖実はその中から、長くて白く先が緑色をした野菜を取り上げた。

「これです」

「これが長ネギか……これで、バクのカゼが治るのじゃな？」

「わたくしは試したことはありませんが、そう伝えられています」

「で、どうするのじゃ？」

「それは獏様のお部屋の方でお話しします。――では参りましょう」

玖実はあちこち開いたままの冷蔵庫のドアを閉めると、長ネギを恭《うやうや》しく捧《ささ》げ持ち、イプネフェルの先に立ってキッチンを出た。

このとき冷蔵庫のドアがきちんと閉まっていなかったことに家人が気づくのは、明日のことである……。


屋敷の玄関に面した廊下《ろうか》はさすがに少し寒いが、他の場所は冬でも春のように暖かい。

だからこそ、イプネフェルは真冬の今でもいつもと変わらぬ薄着で過ごせる。そうでなかったら、屋敷の三階を改造した神殿に籠《こも》って春になるまで出てこないだろう。

エジプト生まれのイプネフェルにとって、日本の冬は耐えられない寒さなのだ。

御堂屋敷が建てられたのは古く、その後幾度か改築しているとはいえ、セントラルヒーティングがあるわけではない。

家全体を暖めているのは、イプネフェルの——古代エジプトの神《ウラエウス》の《呪《のろ》い》の力だ。ただしそれは意識してやっていることではなく、本能のようなものだった。

なので、ここの一定空間だけ温度をあげる、といった器用な真似《まね》はできない。そのために獏の部屋ではエアコンがガンガンかかっている。

玖実がその獏の部屋のドアを開けると、途端、むわっという熱気が漏《も》れてきた。夏のにわか雨の後の空気のようだ。

汗の臭いもする。

だが、二人とも気にした様子もなく部屋の中に入ると、玖実は長ネギを捧げ持ったまま、イプネフェルをくるりと向いた。

「さて。風邪を治すわたくしの知る方法――その壱です」

「その長ネギを使うのじゃな？ どうする？」

「古来この病を治すには、新鮮な長ネギの一番外側の皮を剝き、そして根の方よりこれを患者の……その……お、おしりの……おしりの……その……」

「？ おしりがどうしたというのじゃ？」

イプネフェルは、言い澱む玖実の顔を怪訝そうに見た。

色白の頰が、赤くそまっている。

(もしや、カゼがうつったのか？ 困る！ それは困るぞ！)

イプネフェルは動揺して、玖実を外に連れ出そうと手を伸ばした。そのとき。

長ネギを握り潰しかねない勢いで、玖実は拳を握ると、くわ、と細い目をいっぱいに（それでも細かったが）開いた。

「お、おしりの穴に、ネギを挿すのです‼」

一気に言った。

そうしてネギを持ったまま、がば、と両手で顔を覆って身悶える。

「は、恥ずかしいっ！　わたくし、なんという破廉恥《はれんち》な言葉を口にしてしまったのでしょう！」

イプネフェルは、じとーっとした目で玖実を見ると小馬鹿にしたように、ハッ、と笑った。

「バクの前でしょっちゅう裸になっている女が、その程度で何を恥ずかしがっておるか」

すると顔を覆った指の間から、玖実はイプネフェルを見た。

「見せるのと、言霊《ことだま》でその部位を表すのは別ですわ……それに、わたくしは……見るのも恥ずかしいのです……」

確かに玖実は、イプネフェルがふざけて獏のパンツを下ろしたりすると、袂《たもと》で顔を隠すようにしていた気がする。

「ふん。そんなことはどうでもよい。バクのカゼを治すのが先じゃ。おまえができぬというなら、わらわがやるまでじゃ」

イプネフェルは玖実の手から長ネギを奪い取ると、それを口に横に咥《くわ》えて汗を吸って重くなった布団《ふとん》を剥《は》がした。

突かれた団子虫《だんごむし》のように、獏が手足を丸める。

それを無理矢理うつぶせにさせて、膝《ひざ》を立ててお尻が持ち上がるようにした。そして、パジャマのズボンのウエストの部分をがっしと掴《つか》み、一気に引き下ろす。

ぺろり。

獏のよく引きしまったお尻が、剝き出しになった。

「きゃ」

と言って、玖実は開いていた指を素早く閉じた。これが亜弐なら、顔は覆っても指の間からしっかりと見ているところだ。

イプネフェルは、口に咥えていたネギを手にすると、玖実に向かって、

「立派な金棒じゃぞ」

「お、おやめくださいっ！　はしたないですわっ！」

「見られるのは平気なくせに、わからぬ奴《やつ》じゃ」

イプネフェルは玖実が言っていた通りに、長ネギの一番外側の皮を剝いた。ぷん、とネギ独特の匂いが辺りに漂う。

左手をお尻に添えて、ターゲットポイントを露《あらわ》にする。

長ネギを槍《やり》のように持ち、狙《ねら》いをしっかりと定める。

いま、イプネフェルは鷹《たか》の目をもつ優秀なスナイパーだった。

「……ゆくぞ」

チョコレートの腕がしなり、ネギは白い一条の光となって疾《はし》った。

直後、なんとも形容しがたい悲鳴（？）が御堂屋敷に響き渡った……。

一時間が経過した。

「どうじゃ？」

下半身裸で、長ネギを尻尾《しっぽ》のように生やしたままの獏の姿を見ないようにしながら、彼のおでこに手をあてている玖実に向かってそう訊《き》くと、彼女はゆっくりと首を振った。

「ダメです」

「どういうことじゃ？　治るといったであろう？」

「わたくしは、試してみますか、とイプネフェル様に訊いただけです。治ると断言はしておりません」

横を向いたまま玖実は、イプネフェルが放り出した布団を引き上げて獏の体にかけると、やっとホッとした顔になった。

「とにかく、次を試してみましょう」

「なにをするのじゃ」

「長ネギが効果がないのは、獏様の体力が落ちているからやも知れません。とにかく精をつけなくては」

「ウナギか？　蛇なら呼べるぞ」

玖実は首を振った。

「本当は、イモリの雄《おす》を黒焼きにして食べさせるのがよいのですが、この辺りで見かけたことはありませせぬから、他のもので何か……」

すると、イプネフェルがポンと手を叩《たた》いた。

「精がつくものと言えば――」

「言えば？」

「――ニンニクじゃ！」


エジプト料理には、ニンニクは欠かせない。

古代エジプトでも大量に使われていて、ニンニクの入っていない料理などとうてい考えられなかった。

三千三百三十三年経《た》っても、古代エジプト人でもあったイプネフェルの嗜好《しこう》は変わってはおらず、ゆえに、彼女の神殿には大量のニンニクが常に貯蔵されている。

「そういえば、狐はわらわの神殿に入るのは初めてであったな」

獏の部屋の傍《そば》にある三階に上がる階段を上りながら、イプネフェルは楽しげに言った。先はなぜか真っ暗で、その中にポツリと小さな光だけがある。

そこへたどり着くまでに玖実は三度転び、最後にはイプネフェルに手を引いてもらうという羽目になった。

（なさけないです……）

しゅんとなると、烏帽子《えぼし》の中で励ますように鰐丸と蛇丸がチュッと鳴いた。

イプネフェルがそんな玖実の様子に気づく様子はなかった。

「驚くがよいぞ。ここが——わらわの神殿じゃ」

腕を引かれ、闇《やみ》の中に倒れこんだかと思うと、急に辺りが眩《まぶ》しく輝いて玖実は目を覆った。

やがて光が和《やわ》らいだのを感じて目をあければ、そこは石造りのまさしく古代エジプトの《神殿》だった。

美しい装飾が施された白い石柱が並ぶその向こうには、見渡す限りの砂漠が広がっている。

ただの幻《まぼろし》、というわけではなさそうだった。そこから吹いてくる風は、明らかに玖実の知っているこの国の風とは違うものだったからだ。

「こっちじゃ」

イプネフェルは神殿の隅へと玖実を導いた。

そこには、某有名なフライドチキンのおじさんの人形や、巨大な黄金の魚、誰のものかもわからない十字架の墓標、どう見ても弾《たま》が貫通している軍用のヘルメットなどといった様々なものがまったく無造作に置かれていて、その一角に、真っ白な皮のニンニクがそれこそ山と積まれていたのだった。

「どのくらい必要じゃ？　好きなだけ取るがよい」

「そうですね……とりあえず、三個もあれば十分かと」

「たったそれだけで良いのか？」

「とりあえずは、ですわ。ニンニクは刺激物ですから、あまり大量ではかえって獏様の具合を悪くしかねません」

「そうか」

微妙にイプネフェルは残念そうだった。

「して、どうする？　焼くのか？　煮るのか？　それとも生のまま丸齧《まるかじ》りか？」

「すり潰します。今の獏様は、固形物は喉《のど》を通らないでしょうから」

「それはよいが、ここにそんな道具はないぞ」

「わたくしの部屋にございますわ。おいでになりますか？」

「うむ」

「とにかくも、ニンニクを選ばなくては……」

玖実は、形がよく中身がしっかりしているものを選ぼうと山に近づいた。その足元に山から転がったニンニクがひと玉あるなどとは、露《つゆ》とも知らず。

結果――

「ああっ！」

すてん、と転んで回転し、玖実はお尻から山に突っ込んで仰向《あおむ》けに倒れた。バラバラとニンニクの玉が降り注ぎ、胸に当たってぽいんぽいんと跳ねた。

「……なにをしておるのじゃ、ったく」

あきれたようにイプネフェルが呟《つぶや》いて、玖実の烏帽子がずるりとずれた。

「どうぞ。おはいりくださいませ」

そう通された玖実の部屋は、これぞ和室といった具合だった。

以前にここは、一度破壊されている。小泉《こいずみ》とアヌビスが大乱闘をして、キッチンからリビングから何からぼろぼろにしてしまった。

その後、居候《いそうろう》を決め込んだ玖実に、この客間があてがわれ（地面が近くないと眠れない、と懇願《こんがん》した）、それを玖実が自由に修理したのだった。

部屋は柱やら畳やら漆喰《しっくい》やら、ほとんど土と草木でできている。例外は囲炉裏《いろり》の鉤《かぎ》や簞笥《たんす》の金具類程度だ。

玖実は部屋の隅へとイプネフェルを導いた。

そこには小さな引き出しが幾つもついた簞笥と、枯れたような草が幾つも分けて縛《しば》って置かれていた。鮮やかなものはひとつもなく、いずれも黒かったり、茶色かったり、とひたすら地味だった。なにやら苦いような臭《にお》いがする。

いかにも、玖実の部屋といった感じだった。

簞笥の傍《そば》に、丸い石でできたボウルのようなものが置かれていて、玖実は正座をするとそれを目の前に置いた。

「これですります」

懐《ふところ》からニンニクを出して鋭い爪《つめ》でひと撫《な》ですると、皮が綺麗《きれい》に自分から剝けた。

それを鉢《はち》に入れ、丁寧《ていねい》にすり潰していく。

「いい匂《にお》いじゃ」

とイプネフェルは言ったが、玖実がそう思っていないのは、ハの字になった眉《まゆ》を見ればあきらかだった。

「ニンニクは嫌いか？」

「そうではありませんが……これは少し、臭いがきついような」

「ま、そうであろうな。これは原種じゃ。野性の力に満ちておる。これを飲めば、困るほど精がついて、カゼとやらもたちどころに退散するであろう！」

間違いない、とばかりにイプネフェルは頷《うなず》いた。

「だとよいのですが……」

ごりごりとすりこぎを廻《まわ》しながら玖実は、難儀《なんぎ》している様子だった。

「よい、しょ——あっ！」

つるり。

手から滑ったすりこ木が飛んで、ごきん！……と、イプネフェルの頭にあたり、ころりと畳に転がった。

「ふ、ふふ……ふふふふ……」

イプネフェルは肩を震わせながら、凶悪に微笑《ほほえ》んだ。アーモンド形の瞳《ひとみ》の奥で、赤い輝きが揺れた。

「貴様……わざとやっているのではあるまいな……」

「ご、誤解です！　と、とにかく、いまは獏様のため、獏様のために、これをすってしまわなくては――」

玖実はすりこ木を拾うと、何事もなかったかのようにニンニクを潰し始めた。

「は、早くしないと、獏様のお命も危うくなるかもしれませんから。古来、風邪《かぜ》は万病の元と申しますし」

「む……」

イプネフェルは無理矢理に怒りをおさめた。

「そういうことなら、早くせよ」

「ええ、それはもう」

玖実は三倍速くらいで、ゴリゴリとすりこ木をまわした。

――二十分ほどかかって何とかすり終えた。

ペースト状になったニンニクを、玖実は近くにあった湯呑《ゆの》みに移すと、袂《たもと》で鼻を押さえるようにしてイプネフェルに差し出した。

「これを飲ませれば精がつくはずですが、もう一工夫《ひとくふう》いたしましょう。……いくらなんでも……これは、少々きついですわ……」

「そうかのう……」

指を突っ込んで、イプネフェルはペーストをぺろりと舐《な》めた。

「よい味じゃがな」

それを見て玖実は眉を顰《ひそ》めたが、何も言わなかった。

「……もうひとつ、風邪によく効くといわれているものがありますから、それにこれを混ぜましょう」

「なんじゃそれは？」

「卵酒です」

酒と聞いて、イプネフェルの黒い瞳が、らん、と輝いた。

玖実は、ガラスの器に卵をひとつ割って入れると、砂糖を少し加えてよくかき回した。ガスレンジでは、日本酒を注いだ鍋《なべ》が弱火にかかっている。

十分に攪拌《かくはん》できたところで溶き卵を鍋の中に流し入れ、ゆっくりとかき混ぜながら温め、そこへさっきのニンニクペーストを残らず入れた。

……なんともすごい臭いがする。

イプネフェルはまったく平気なのか、顔色ひとつ変えてはいない。

「湯呑みを」

玖実に言われるまでもなく、イプネフェルはさっきまでニンニクペーストが入っていたそれを差し出した。

とろりとした黄金《こがね》色の液体が注がれていく。ごくり、とイプネフェルの喉が動くのを見て、

「これは、獏様のです」

と玖実は釘《くぎ》をさした。

「い、言われなくても、わかっておる！　ちょっと、ほんのちょっとだけ、呑んでみようかと思っただけじゃ」

「イプネフェル様の『ちょっと』は信用できません。丸呑みにしてしまいそうですから」

「む……」

こんな無礼な口を利《き》く輩《やから》には、いつもなら雷のひとつでも落としやるところだが、ぐっと我慢した。いまはやるべきことがある。

（……わらわも、ずいぶんと辛抱《しんぼう》強くなったものじゃ）

亜弐がいたら、どこが！　と即行で突っ込みが入りそうなことをしみじみと思い、今度は自分が先に立ってイプネフェルはキッチンを出た。

部屋に戻ってみると、獏は布団《ふとん》をベッドの下に蹴《け》り落として、下半身丸出しで唸《うな》っていた。

やはりネギの効果はないようだ。

きや、と声を上げてまた顔を覆ってしまって役に立たない玖実はおいておき、イプネフェルはベッドに上がると獏を抱き起こした。

顔を上向かせ、胸を反《そ》らさせる。

背中を膝《ひざ》で支えて、顎《あご》を掴んで無理矢理口を開けさせると、喉から胃までが一直線になる。

その暗き井戸の底を目掛けて、特製卵酒を流し込もうと湯呑みを傾けた。すると。

「む」

少量ずつ飲ませようとすると、卵酒は湯呑みの外に回ってちっとも喉へ落ちない。

かといって、一気に流し込むには量がありすぎた。

湯呑みと獏を交互に見比べ、やがてイプネフェルは、

「しかたないのう」

と、どこか嬉《うれ》しげに呟くと、特製卵酒を一気に呷《あお》った。

玖実は見ていない。彼女は顔を覆ったままだ。

イプネフェルは湯呑みをベッドの棚に置くと、意識のない獏のくちびるに自分のビターチョコレートのそれを重ねた。

そうして、とろとろと口に含んだ卵酒を流しこんだ。

貘の喉が規則的に動いてそれを嚥下《えんか》していく。

（ふふ……熱いな……）

くちびるから、そしてカラシリスの下の乳房を押し付けている体からも、はっきりと燃えるような熱を感じる。

（わらわも熱が出そうじゃ……）

貘がすっかり卵酒を飲んでしまったあとも、イプネフェルはしばらくの間、くちづけを楽しんでいた。

が、玖実に気づかれてうるさいことになる前に、名残惜《なごり》しかったが離れた。

「済んだぞ」

その声に目をあけた玖実はしかし、貘が下半身を放り出したままであることに気がつくと、短い悲鳴を上げてまた目を閉じてしまった。

金棒が――と彼女が呟くのを聞いて、イプネフェルはしてやったり、とニヤリとした。

更に一時間が経過した。

「どうじゃ？」

湿っぽい布団を胸までかけた貘のおでこに手をあてている玖実に向かってそう訊《き》くと、彼女はゆっくりと首を振った。

獏は珠《たま》のような汗を顔に浮かばせて、シーツもパジャマもひどく湿っていた。

「まだダメです」

「どういうことじゃ？　治るといったであろう？」

「わたくしは、まだ、と言ったのです。治る兆候《ちょうこう》は現れています。この大量の汗がその証拠。必ず元気になります」

元気になる——自分でも驚いたことに、イプネフェルはその言葉にホッとしていた。

（このわらわが奴隷の身を案ずるとは、な）

気が付けば、亜武に馬鹿にされる云々《うんぬん》という気持ちはどこかに消えてしまっていた。しかしそれは、少しも嫌な気持ちではなく、むしろ誇れるような気分だった。

玖実は、タオルで獏の汗を拭《ぬぐ》った。

「あとはシーツとパジャマと掛け布団を取り替えて、さらに汗をかけばきっと治ります」

「うむ！　で、替えの寝具一式はどこにあるのじゃ？」

小首を傾《かし》げてたっぷり考えた後で、彼女は首を振った。

「……知りません」

結局、シーツと布団は玖実の物を使うことにして、体を拭いて着替えさせるのはイプネフェルがやった。

玖実が恥ずかしがったからだ。

修学旅行の時には混浴したくせに何を、と思ったが、おいしい役目だったので何も言わずに引き受けた。

タオルを何枚も使ってすっかり綺麗にしてシャツを着せてやったが、あいかわらず下半身は丸出しである。

薬である長ネギを抜くことができない以上、仕方がない。

ベッドに寝かせ掛け布団を掛けて、これでよし、と二人は頷いた。

――だが。

「うーん、寒いよう」

と獏は唸った。

イプネフェルが、信じられないものを見る目つきで獏を見下ろした。

「寒い？　わらわでも暑いくらいだぞ？」

それに、寒い、と言っている割には、まだ汗をかいている。

「風邪を引いて熱があるとこうなると聞いています。……困りました。ヒーターの温度はもう上がりませんし、布団もありません。このままではまた熱が上がってしまうかもしれません」

「それはダメじゃ！」

思わず、イプネフェルは、玖実の肩を摑《つか》むようにしていた。

「わらわとおまえがいて、どうにもならないわけがなかろう！　なんとかせい！」

がくがく揺さぶられて、玖実の烏帽子がずれる。

「ひ、ひとつ……手がないわけではないのですが……」

「それはなんじゃ？　なにをする？」

「………」

「どうした？　難しいことなのか？」

「い、いえ……難しくはありません。ただ……少し、恥ずかしいかと」

「恥ずかしい？」

「……はい。古来、肌を温めあう方法として、わが国に伝わる伝統の方法なのですが……」

玖実がモゴモゴと口ごもると、イプネフェルはイライラと床を蹴った。額のコブラの飾りが敏感に反応して、シャーっと赤い舌を出す。

「ええい、はっきりと言わぬか！　それはなんじゃ！」

すると玖実はポッと頬《ほお》を赤らめ、その顔を袂《たもと》で隠すようにした。

「……肉布団、です」

（うわあっ！）

そんな、くぐもった自分の悲鳴のおかげで、獏は悪夢から逃れることができた。

酷《ひど》く恐ろしい夢だった。

まったく身動きの取れない《吊《つ》り籠《かご》》という名の中世の拷問《ごうもん》器具に裸で入れられて、スフィンクスにぶら下げられ、晒《さら》し者にされたのだ。

身動きができないというのはつらい。何もしなくても骨や筋肉が軋《きし》みを上げる。

その上、通りがかりの人から石を投げられたり、子供に棒でつつかれたりした。

「やあねえ、裸よ」

「へえ、御堂のってこんななんだ」

「つつけつつけ」

「面白いから石投げてやれ」

とそんな感じだ。

獏はひたすら助けを求めるのだが、誰一人耳を貸してくれなかった。

その上、気がつけば巨大な蛇に首に巻きつかれ、大型犬ほどもある狐に背中に爪を立てられ、あわや牙《きば》を立てられそうになって悲鳴を上げ——と、そこで目を覚ますことができたのだった。

頭の芯《しん》が痺《しび》れたように痛む。なんだか夢の続きのように体がやたらと重い。

見慣れた天井がはっきりと見えるということは、どうやら眼鏡《めがね》をかけたまま眠ってしまったらしい。

なんだか、鼻がぐずぐずいっている。

(……そうだ。みーこのごはん、作らなくちゃ)

いつもの習慣でそう思い、獏は起き上がろうとした。

が、動けない。まるでベッドに縛《しば》り付けられたかのように、首だけしか持ち上げることができなかった。

その首を廻《まわ》し――獏はぎょっとした。

(なななななんだこれっ!?)

頭に残っていた僅《わず》かな寝ぼけが吹き飛んだ。

どういうわけか、自分は下半身を丸出しにしていた。上はトレーナーを着ているが、下には何もはいていない。しかも……これは朝だから仕方ないのだが、アレが元気である。

両手は真横に投げ出され、足も大きく開かされている。

いわゆる、大の字、という格好だった。

その足に、ミルク色の滑《なめ》らかな裸の女性の足と、チョコレート色の艶《あで》やかな裸の女性の足が、左右それぞれに蔦《つた》のように絡《から》まっていた。

脇《わき》のすぐ下辺りには、柔らかくて気持ちのいいミルクプリンとチョコレートプリンが、変形するほど強くおしつけられている。

獏は左右に首めぐらせ、痺れて感覚のない腕に乗った頭を見た。

（イブ様っ⁉　玖実さんっ⁉）
まさしく二人だった。
なぜか全裸で下半身丸出しの獏に、左右からしがみつくようにして眠っている。
（どどどうなってるの⁉）
さっぱりわからなかった。
確か、少し気分が悪くなったので横になって——それから先の記憶がない！
部屋の中になんだか異様な臭気が漂っているのが、つまり気味の鼻でもわかった。
ニンニクと、後はお酒の匂《にお》いだ！
体にかかっていただろう掛け布団は、床にずり落ちてしまっている。
それにお尻が、こう……おちつかない感じがするのはなぜだろう？
（と、とにかく、二人を起こさなくちゃ！）
この状況は、あまりにまずい。
まずすぎる。
こんなところを、みーこや亜弐に見つかったら大変だった。
首を限界までねじって枕《まくら》もとの時計を見た。
——午前十一時。
やばい。そろそろ亜弐が東京から帰ってくる予定の時間だ。

「イプ様！　玖実さん！　お、起きて下さい！　ねえ、二人とも！」

獏は体を揺すって二人を起こそうとした。が――

ガチャ。

「獏ー、お土産《みやげ》買ってきたよー。それにねえ――」

明るい声とともに、部屋の扉が開いた。

スポーツバッグを肩にかけ、大きな紙袋を持った亜弐の笑顔が覗《のぞ》く。

なんだかとても嬉《うれ》しそうだ。

それが、中の惨状を目の当《ま》《あ》たりにして、そのまま凍りついていく。

――どさ、と荷物が落ちた。

「お、おかえり、亜弐ちゃん」

「………」

「あの、これは……僕も、なにがなんなんだか……」

亜弐は無言でくるりと背を向けると、そのまま自分の部屋へ駆け込み、そして――戻ってきたときには、その手に、オーパーツ《天之麻迦古弓《あまのまかこゆみ》》と《天之波々矢《あまのははや》》を手にしていた！

「わあっ!!」

「ぶっ殺すっ!!」

怒りに爛々《らんらん》と目を燃やし、亜弐は弦《げん》を引き絞った!!

翌日の新聞の地元欄《らん》は、『珠《たま》ヶ咲《さき》学園女子弓道部　関東弓道大会で優勝！』というニュースを、亜弐や清美たち女子弓道部員の笑顔の集合写真とともに、大きく掲載した。

その隅の方には、御堂屋敷で小規模なガス爆発事故が起こったことが報じられていたが、ほとんど関心を払う読者はいなかった。

ちなみに、その《爆発》での怪我人《けがにん》は、ゼロであったという。

オーパーツ♥ラブ　豆知識：肉布団（行為）——女性が裸で温めてくれること。

あらかると・ふたたび春

宴

気が付けば、御堂《みどう》貘《ばく》は一人、霧の中に立っていた。

眼鏡《めがね》はしっかりとかけているのに視界は一mも利《き》かず、いつもの、それなりに整ってはいるがぽやーっとした顔で辺りを見回しても、ただ白いだけで何も見えなかった。

流行遅れのフリースに、ジーパンという格好で、なぜか手にはコップを持っている。

中は空《から》だ。

(ここ、どこだろう……?)

いつどうやって来たのか、その覚えがまったくない。

寝ている間に誰かに攫《さら》われたのだろうか?

黒い目だし帽と黒い服に身を包んだ性別不明な連中が突然押し入ってきて、目を覚ます間もなく口にたっぷりと薬をしみこませた布を当てて気を失わせ、

「ちょろい仕事だぜ」

とか言いながら、これまた黒いバンに貘を押し込んだあとで着替えさせ、霧深い森の中に、木を背に立たせてコップを持たせ、置き去りにしたのだろうか?

(……そんなわけないか)

ほとんど妄想《もうそう》といえる思い付きに、貘は苦笑した。

そんなことをしそうな人物に思い当たりがないわけではないが、彼らは——御堂晩三郎《ばんさぶろう》とその助手の小泉光太郎《こいずみこうたろう》は、遠くどこかの海外である。

(いくら父さんが非常識でも、こんな悪戯《いたずら》はしないよな)

「誰が非常識だって?」

ワイルド、と言っていい低い声が霧の中から聞こえて、獏は思わずあとずさった。

どすん、と背中に何かが当たって振り向くとそれは、大きな梅の木だった。

(あれ、この木……)

何かが引っかかった。見覚えがある。

「おい、獏」

だが、その樹《き》をどこで見たのか思い出す前に、獏は襟首《えりくび》を摑《つか》まれて引っ張られ、振り向かされていた。

「あ!」

目の前に、父の顔があった。

「ひさしぶりだな」

髭面《ひげづら》でニヤリと笑う。どう見ても《悪党》という面構えだ。埃《ほこり》っぽい赤茶色の革のジャンパーにズボン、泥のこびりついたごついブーツという、いかにもトレジャーハンターという格好で、息子の首を抱くというより絞《し》めている。

父のジャンパーからは、少し汗の臭《にお》いがした。

「獏くん、ひさしぶり」

その父の後ろで、飴色《あめ》の髪を耳の上でおさげにした可愛《かわい》らしい中学生くらいの少女が、ひらひらと手を振って微笑《ほほえ》んでいた。水兵服の胸元は大きく下から持ち上がって、縦《たて》に細いおへそが覗《のぞ》いている。

「こ、小泉さん」

「元気してた？」

「小泉さん、まだ元の体に戻れないんですか？」

彼は――いまは彼女だが――アステカの厄神《やくしん》の《呪《のろ》い》によって、美少女に変身させられているのである。

「こいつ、まだお前に元に戻してもらうつもりでいるんだぜ？　諦《あきら》めが悪いったらねえよ」

がくがくと揺さぶられて、獏は乾いた笑いを漏《も》らした。

小泉の《呪い》を解く方法はただひとつ――天御門玖実《あまみかどくみ》的な言い方をすれば、男性と契《ちぎ》るしかないのだという。それを彼女（?）は獏にしてもらいたがっているのだった。

水兵服の腰に手を当てて小泉は、ふん、と胸を反《そ》らした。見た目の年齢にそぐわないふくらみが、ゆさっと揺れる。

「教授こそ、いいかげん諦めたらどうなんです？　夜討《よう》ち朝駆《あさが》けで襲われたんじゃたまりませんよ。だいたい、女の子なら他にもいるじゃないですか」

それを聞くと、晩三郎は獏から手を離して小泉の傍《そば》に寄り、真面目《まじめ》な顔になって両手を彼女

（？）の肩に置いた。

「な、なんですか？」

「小泉……こんなことになったのは、俺のせいだ。悪いと思っている」

がっくりと首をうなだれて、そんなことを言い出した。

「おまえには苦労ばかりかけて、その上に、こんな《呪い》までかけられちまった。仕事とはいえ、責任をひしひしと感じている」

「や、やだな……変ですよ、教授。またおかしな茸《きのこ》でも食べたんですか？」

「何を言ってるんだ！」

ぐい、と顔を上げた晩三郎は、だー、と涙を流していた。

「俺は男だ！　男は責任をとるものだ！　そうだろう⁉　俺は……俺は……うおーっ！　こ・い・ず・みーっ‼」

「きゃーっ！」

父は、そのまま小泉を霧の中に押し倒した！　大きな手がするりと水兵服の上着の下に潜り込んで、むんずと胸を掴む。

「ち、ちょっと、教授！　そこは、あっ！　や！」

「ええい、大人しくしろ！」

どこかの悪代官のようなことを言う。

じたばたと暴れる二人を見下ろして、獏はため息をついた。

(責任って……そういうことか……)

「もうっ……いいかげんに……んっ♡……し、して……くださいっ！」

どぐうっ！

小泉の足が動き、晩三郎の腰が彼女（？）の上で数十cmも浮き上がった。

「まったくもう」

体を海老《えび》のように丸めて、なにやら悶《もだ》え苦しんでいる晩三郎の下から這《は》い出した小泉は、水兵服を叩《たた》いて汚れを落とし、獏を見てにっこりと微笑んだ。

「ごめんね。騒がせちゃって」

「いえ……」

ちらりと父を見る。まあ、いい薬だろう。

「じゃあ獏くん、そろそろ行くね」

「え？　行くってどこへですか？」

「また連絡するね。――そうそう、教授ってこんなだけど、いっつも獏くんのこと心配――とは少し違うけど、考えてるんだ。信頼してるから、《パンドラ》のことも任せてるんだってことも、わかってほしいな」

「でも、そんなこと一度も――」

「教授って、実は照れ屋さんだから。ぜっんぜん、そうは見えないけどね」

あははと笑って、小泉はうずくまったままの晩三郎の首根っこを掴むと、にこやかに手を振り、獏の方を向いたまま器用に遠ざかり始めた。

「ち、ちょっと待って！」

だが足は動かず、二人は霧に溶けて見えなくなってしまった。

（な、なんだったんだ……？）

獏は目を凝《こ》らしたが、もはやどこにも彼らの姿を見つけることはできなかった。

「なんや、晩三郎たち、行ってしもうたん？」

頭の上からそう声が降ってきて、獏は仰向《あおむ》いた。

梅の木の張り出した太い枝の上に、白い着物に赤袴《あかばかま》という巫女《みこ》の格好をしたみーこが寝そべっていた。ショートボブの黒髪からは白い猫耳がのぞき、袴のおしりからは白い尻尾《しっぽ》が伸びて、枝にふにふにと触れている。

「もうちょい、ゆっくりしてってもえーのに」

「みーこ……何してるの？」

すると、彼女はにこっと笑って枝を飛び降りると、空中で一回転してそのまま獏に飛びついて、肩車をされるような格好になった。

みーこは齢《よわい》三百歳を越える猫又《ねこまた》だ。江戸《えど》の終わりごろから、代々の御堂家の当主を御主人様と呼んで仕えている。

　小さな腕で貘の頭を抱きしめるようにして、甘え揺さぶった。

「なあなあ御主人様、この木を見つけたときのこと憶《おぼ》えとります？　忘れてへん？」

　そう言われて、貘はやっと思い出した。

　そうだ。これは――家の裏庭にある梅の古木だ。

（じゃあ、ここは庭……？）

　にしては、おかしい。

　霧で視界が利かないのはそうなのだが、なんとなく広々としすぎている気がする。

「なあなあ、憶えとりますの？」

　揺さぶられ、貘は慌《あわ》てて答えた。爪《つめ》を出されそうだったのだ。

「き、京都《きょうと》に行ったときのこと？」

「そです」

　満足げに、みーこは頷《うなず》いた。

　もちろん憶えている。

　幼なじみで同居人で微妙な関係の鷹村亜弐《たかむらあに》が、京都に修学旅行に行くというので、同じ旅行スケジュールでくっついていったのだ。

　いろいろと……大変な旅行だった。

この梅の木は、獏の曾々祖父《そうそうそふ》の御堂竜二郎《りゅうじろう》が京都に住んでいた頃、その家の庭にあったものだ。祇園《ぎおん》の一角にまだ残っていたのを見つけて、みーこのたっての願いで、京都から山梨《やまなし》の自宅へ移植したのである。

「ほんま、嬉《うれ》しかったなあ……」

みーこは目を細めて喉《のど》をゴロゴロと鳴らした。

「まだ残ってるなんて思うてなかったし、それがまだあっただけでも満足やったのに、その上また一緒におられるようにしてくれて……ほんま、御主人様、大好きや♡」

きゅっと獏の頭を抱きしめて、すりすりとほっぺたを擦《こす》りつける。

なんだか改まって言われると照れくさい。

みーこはすりすりしたり、匂《にお》いを嗅《か》いだり、顎《あご》でぐりぐりしたりして、獏の感触を楽しんでいたが、そのうちに小さくため息をついた。

「でもなあ……御主人様、ちょっと優しすぎます」

「そ、そう？」

猫耳が、ピンと立つ。

「そーです！　なんやいつのまにか居候《いそうろう》、増えとるし。このままじゃほんまに『お化け屋敷』になりますよ？」

御堂屋敷は昔からご近所の皆様にそう呼ばれて、親しまれて（？）いるのである。

「たまには、びしーっと言わなあかんです」

「び、びしっと?」

「そです。びしっといかな。でないと、なめられてしまいます。新参者は大人しくしとれ! ぐらいのことは言わなあきません」

「──それは、わたくしのことですか?」

白い世界に、ふっと黒い染《し》みが浮かび上がって、それが人の形になった。

黒い狩衣《かりぎぬ》に黒い烏帽子《えぼし》。平安《へいあん》時代の貴族の男装をした陰陽師《おんみょうじ》、天御門玖実だ。和風美人だが、和装の似合わない豊かな胸が狩衣の上からでもはっきりとわかる。

細い瞳《ひとみ》で見つめられ、肩の上でみーこの体が強張《こわば》った。

無理もない。

玖実の正体は、大妖怪《だいようかい》《金毛九尾《きんもうきゅうび》ノ狐《きつね》》なのだから。紀元前から生きていると伝えられている伝説の妖狐《ようこ》である。

それが……まあ、いろいろあって、いまは御堂屋敷の居候となっている。

「わたくしは、御堂の小父《おじ》様が認めた獏様の許婚《いいなずけ》です。共に暮らすのは当然のこと」

「ウ、ウチは認めてへんし……」

「それはお好きに。獏様とは、混浴も同衾《どうきん》もした仲。もはや他人ではありませぬ」

むー、とみーこは膨《ふく》れた。

確かに、両方とも経験済みでは、ある。

しかし、混浴の方はお互いにそうとは知らずに入った『事故』であったし、同衾の方は通常使われる『男女の仲』ということではなく、獏の風邪《かぜ》を治すために一緒の布団《ふとん》で眠った、というだけのことだ。

……もっとも、そんな言い訳は誰にも通用しなかったが。

「そ、そんなん、ウチだってしとる！」

「けれど、みーこ様は許婚ではありませんでしょう？」

むむー、とみーこは涙目になった。

「そんなん、御主人様が認めてへんなら、何の意味もないわ！」

細い瞳が、つ、と獏を向いた。

「……そうなのですか、獏様？」

こういうときの玖実は、はっきりいって怖い。表情の薄い、綺麗《きれい》な顔だけになおさらだ。

「わたくしは、ずっと獏様だけをお慕《した》い申しております。それは獏様の体質や血、そうしたものとは一切なんの関係なく、ただ一人の男の方としてお慕いしています。けれど、獏様に嫌われているのならば、わたくしは……」

ごくり、と獏は息を呑《の》んだ。

「この国を滅ぼして獏様もろとも鬼籍《きせき》に——」

「き、き、き、嫌ってなんかないです！」

貘は慌てて言った。鬼籍に入るとは死ぬということ。つまり玖実は、心中する、と言っているのである。

「い、許婚とかそういうのはともかく、き、嫌ってはないです！」

「……ほんとうに？」

探るような瞳に向かってぶんぶんと頷《うなず》いた。振り落とされそうになったみーこが、頭の上で抗議の声を上げた。

ふっと、玖実は視線を落とした。

「わかりました。今はそれでよしとしましょう」

「う、うん……」

「けれども、わたくしだけが貘様の許婚であることをお忘れなきよう……それはつとにお願い申し上げます」

深々と玖実は頭を下げた。

ずるり、と烏帽子が落ちそうになって、玖実は、あっあっ、と慌ててそれを直した。

なんと答えたらよいものか——貘はただ、苦笑いすることしかできなかった。

と——

「おまえたち、何事もわらわの許しなく決められると思うておるのか？」

そう声がしたかと思うと、何も見えない真っ白な空の上の方で、突如《とつじょ》雷鳴が鳴り響き、霧の中に二つの影が浮かんだ。

ひとつは、犬の頭をもつ人の姿。

もうひとつは、女性のものだ。

「……イプ様?」

そう呼びかけると、霧を払うようにして、黄金の装飾品に身を固めた古代エジプトの《ウラエウス》女神と《アヌビス》男神の化身——イプネフェルとアヌビスが姿を現した。

アヌビスはエジプトの壁画そのままに、黒い犬の頭に人の肉体という姿だ。頭には髪を模《も》したカツラが載っていて、鮮やかな衿飾《えりかざ》りとシェンティという腰布をつけている。

イプネフェルの方は、黄金の衿飾りと、身を起こしたコブラの飾りがついた冠《かんむり》、そして巨大なルビーのスカラベのついた腕輪をして、カラシリスと呼ばれる肌が透けて見えるほど薄い布を纏《まと》っている。その下にあるのは少女の肉体だ。ただしその胸は、玖実を淩《しの》いでアフリカの大地のように大きく豊かである。黒い髪は細かく編まれて飾りをつけ、アーモンド形の黒い瞳はナイル川のように青く縁取《ふちど》られていた。

二人とも滑らかなチョコレート色の肌をしている。

イプネフェルはアヌビスを背中に従えて一同をぐるりと見わたすと、不敵に微笑《ほほえ》んだ。

「貘はわらわの奴隷《どれい》じゃ。わらわの許しなく何事も行うことはできぬぞ」

アヌビスが、こっくりと頷く。

――奴隷。

決して望んでなったわけではないが、父が送ってよこした棺《ひつぎ》を三千三百三十三年ぶりに開けてしまったとき、運命はそう決定されてしまったらしい。

獏は、エジプト王国・聖統第三十一王朝（現在の領地は御堂家の敷地内限定）のファラオ、イプネフェル女王の第一奴隷にありがたくも選ばれた、というわけだった。

イプネフェルは獏の目の前に立つと、みーこを頭から外して梅の木の上に放り投げた。

「バク、腕を上げよ」

「え？」

「腕じゃ。はようせぬか」

「は、はい」

いわれた通りに両手を上げると、するりと腕が伸びてきて、獏はイプネフェルに抱きしめられていた。

大きくて柔らかいチョコレートプリンの胸が、獏の胸で、むにゅ、っとつぶれる。その真ん中の、他とは微妙に違う少しだけ固い感触が今日ははっきりと感じられて、獏は目を白黒させた。

「イ、イ、イプ様……？」

「いつもすまんな」

「わらわは素直でない。本当はこうしておまえを優しく抱きしめてやりたいのに、ついきつく当たってしまう」

「⁉」

（こ、これは、いったい……）

なんだか嫌な汗が出た。

イプネフェルは、何か悪いものでも食べたのではないのだろうか？

こんな彼女は、ありえない。

獏はアヌビスを振り返ってみたが、彼はいつもと変わらずただ静かに見つめているだけで、特に動揺したり不審に思ったりしている様子もなかった。

「ダメだな、わらわは。傲慢《ごうまん》に振る舞うくせに、それなのに本当は、おまえに嫌われるのが何より怖い臆病者《おくびょうもの》なのじゃ」

イプネフェルは獏を抱きしめていた腕を解くと、すっと離れた。熱い肌の温《ぬく》もりが淡雪が溶けるように消えていく。

「あ……」

思わず追いかけてイプネフェルの腕を掴もうとして、だが、それを横から捕らえた別の腕があった。

えっ、と振り向くとそれは、幼なじみの鷹村亜弐だった。

いつの間に横に立ったのか、まったく気がつかなかった。

ショートカットの髪をピンで留めた亜弐は、白いセーターの上にエンブレムの刺繍《ししゅう》の入ったブレザーに自主的ミニスカートという、珠《たま》ヶ咲《さき》学園の冬の制服姿だった。首からは、最近お気に入りのイプネフェルの力を相殺《そうさい》するアテン神の護符《ごふ》を下げている。

「二人っきりって、すごく久しぶりだね」

亜弐はそんなことを言った。

「なに言ってるの、亜弐ちゃん。みんなそこに――」

獏はイプネフェルたちが遠ざかった方を腕で示したが、霧に飲まれてしまったのかどこにも姿が見えなかった。その上、頭上を見れば、みーこの姿も消えていて、からっぽの梅の枝が伸びているだけだった。

（なにがなんなんだか……）

わけがわからなくなっていると、亜弐が、取った獏の手の指に自分のそれをそっと絡《から》めてきた。

少し上目遣《うわめづか》いに獏を見つめて、亜弐はどこかはにかんだ様子だった。

指同士の肌のすれあう感覚にぞくぞくする。

「……昔は、よくこうやって、手、繋《つな》いだよね？」

「そ、そうだっけ？」

「そうだよ。忘れちゃったの？　獏がまだ学校に行ってた小学校のころは、行きも帰りも手を繋いで帰ったでしょ？　クラスの皆からは『夫婦』とかって、くだらないこと言われてからかわれたけど、いっつもこうやって指を絡めていっしょにいたよね」

　そうだったろうか？　獏が覚えているのは、手首を掴まれて引き回されている自分の姿ばかりだったのだが。

「放課後も、いっつもいっしょだったよね。……ほんと、よく遊んだな。憶えてる？　かくれんぼ。獏の家っていっぱい部屋があるから、たくさん隠れる所があって……でも、獏、よく泣いてたなあ……あたしがどっか行っちゃった、って」

　くすくすと笑う。

「慌てて出てくとしがみついてきて、どっかいっちゃやだ、って泣いて。あの頃は、あたしの方が背が高かったんだよね」

「や、やめてよ……昔のことじゃんか」

　言われてみれば、確かにそんな憶えもあった。すっかり忘れていたのだが、確か、隠れてしまった亜弐に家を出て行った母を重ねるという、思い出しただけで身悶《みもだ》えするような恥ずかしいことをしていた気がする。

「けど」

ふっと、亜弐の笑顔が曇った。

「いつのまにか、あたしが追いかけるばっかりになっちゃったね」

なんとなく泣きそうにも見える。

「イプネフェルが来て、あたし、怖かったよ？　獏の傍はずっと、あたしだけの場所だ、って思ってたから。それが、いきなり同居でしょ？　すごく焦《あせ》った。あたしの唯一《ゆいいつ》の取柄《とりえ》の料理も、アヌさんの前ではすっかり霞《かす》んじゃったし」

「そんなことないと思うけど……アヌさんの得意なのはエジプト料理と洋食だし。和食はまだまだ亜弐ちゃんの方が――」

「優しいね」

こつん、と亜弐はおでこを獏の胸につけた。髪からふわりといい香りがした。

「これからも、獏のいるところがあたしの居場所だよ？　誰がきても、誰が増えても関係ないの。勝つとか負けるとかそういうことでもなくて、あたしはそう思ってる。それが言いたかったんだ。それと……」

亜弐は顔を上げた。その表情は、獏の知る彼女の中でも一番綺麗だった。

「アルバム、嬉しかった！」

ざっ、と周囲から一斉《いっせい》に霧が押し寄せて、全《すべ》てを飲み込んだ。

目の前の亜弐の笑顔すら、見えなくなる。

「亜弐ちゃん！」

貘の声は霧に吸い取られてどこにも届かず、全てはただ白く塗りつぶされた。

視界も。

——意識も。


びくびくん、と体を震わせて跳ね起きた時、貘の頭から大量の白い花片が落ちた。

「！……？」

目の前には木。

よつん這《ば》いになったまま、慌てて辺りを見回した。

霧など、どこにもなかった。空気は暖かく、よい香りが辺りに漂っている。

それに、景色も見慣れたものだ。

——ここは、家の裏庭だ。

「……なんじゃ、バクも今起きたのか……ふわ……」

背中でした声に、急いで首をめぐらせると、そこにはカラシリス姿のイプネフェルが胡座《あぐら》をかいて欠伸《あくび》を嚙《か》み殺していた。

「うう……なんか、頭痛い……」

そう言いながら、イプネフェルの向こうで体を起こしたのは亜弐だ。

さらにその隣では、気持ちが悪いのか、玖実が白い顔を更に白くして口元を袂《たもと》で覆《おお》っている。

「なんやの、もう……」

すぐ横でそう声がして、見れば、みーこが、まだ眠たそうにぐりぐりと目を擦《こす》っていた。なぜかアヌビスの両足の間に陣取って、一升瓶《いっしょうびん》を抱えている。

その彼は、木によりかかったまま、目を何度も瞬《しばたた》いていた。

(そっか……お花見してたんだっけ)

ようやく思い出した。

梅の古木が満開になったので皆で一足早く楽しもう、ということになって、お菓子や料理を用意して裏庭に集まったのだ。

だが……すぐに、風流も何もなくなってしまった。

みーこが、冬の湯治《とうじ》の際に貰《もら》ったという酒を取り出したからである。

『大吟醸《だいぎんじょう》・妖《あやかし》』

それを見たイプネフェルが、ぎらりと目を輝かした時にとめるべきだった。二人の酒癖《さけぐせ》が悪いことは、京都旅行の際にわかっていたはずなのに。

——だが、忘れていた。

それにまさか、玖実までもが酒に呑《の》まれる性質だとは思わなかった。

結果、梅の木の周《まわ》りでは大妖怪《だいようかい》たちが大暴れとなって、止めようとした亜弐がまず、みーこが振り回した一升瓶を頭に受けて気を失い、助けようとした貘はこぼれたジュースに足を取られて、自分から梅の木に突っ込んだ——と、そこまでは憶えていた。

その後はわからない。

が、どうやら皆、眠ってしまっていたようだった。高かった陽《ひ》も傾きかけている。

(じゃあ、あの夢はもしかして……)

そう考えて貘は、まさか、と首を振った。夢の中の彼女たちは、ずいぶん性格が違っていた。きっと、あああって欲しいという勝手な願望が、あんな夢を見せたのだ
イプネフェルが貘の顔を見て頬《ほお》を赤らめたのも、亜弐が慌てて目を逸《そ》らしたのも、きっと別の理由があるに違いない。

(……にしても、すごいことになってるなあ)

梅の木の周りを改めて見回して、貘はうーんと唸《うな》った。

ジュースのペットボトルは倒れ、料理を載せた大皿は引っくり返り、酒はこぼれ、ポテトチップは踏み砕かれ、ケーキはぐちゃぐちゃ……その上に、梅の花片が散り落ちている。

(これを片付けるのかあ……)

大変だった。しかし、なぜか嫌ではなかった。と——

「では、続きをやるか！」

イプネフェルがそんなことを言って、亜弐の目を丸くさせた。

「あんた、まだ暴れたりないの!?」

「なにを言っておるか。花見の続きをする、と言っておるのじゃ」

「花なんかどこにあるのよ、花・な・ん・か!」

びしいっと亜弐が梅の木の枝を指差した。満開だったはずの梅の花は、どうしたわけかひとつ残らず散っていた。

「ああっ! ウチと竜二郎の梅の木の花が!!」

「なんということでしょう」

「ど、どうして……?」

獏が呆然《ぼうぜん》と呟《つぶや》くと、アヌビスが辺りの匂《にお》いを嗅《か》ぐようにして言った。

「……おそらく、姫様がクミ様やミーコ様と戯《たわむ》れた際に、その妖気《ようき》にあてられてたのではないかと」

「そ、そんにゃ……」

がっくり、と膝《ひざ》を落としたみーこの頭を、アヌビスは優しく撫《な》でた。

「また来年も咲きますから、大丈夫ですよ」

「ほんま……?」

アヌビスが犬の顔で頷くと、ようやくみーこはホッとした顔になった。

「うむ！　『神はここにいまし、世は全てこともなし』じゃ！」

「あんたがそれをいう？　しかも勝手に変えてるし」

「正しくは『神は天にいまし、世は全てこともなし』ですわ」

「やーい、まちがってやんの」と亜弐。

ぶち、とイプネフェルの何かが切れる音がした。

「やかましいっ！」

たちまち大騒ぎになる。

「もう家を壊さないでくださいよー」

騒ぎの輪にあまり近づかないようにし、獏はそう言った。

（これからも、こんなことが続くんだろうなあ……）

そんな予感がした。


――それはきっと、夢のような《宴《うたげ》》の日々になるだろう。

――おわり――

お蔵出し！ファラオさま

ゆうき先生のキャラクター設定に酒井先生が命を吹き込んで生まれたキャラクターたちの「初期ラフ」を大公開しまーす☆
（酒井先生の特別インタビューつきです！）

イプネフェル

Q1 イプネフェルのキャラクターデザインで一番苦労したことは？

A1 身につけてる装飾品を、どうアレンジ&デフォルメしようか悩みました。カラシリスの透け具合(笑)も、どの程度まで許されるのかとか。

胸の突起を描いたらマズイよなーとか。

イプだけに限ったことではないんですが、美少女だらけな世界なので、それぞれの特徴とか、個性が表現出来てればいいんですが。

鷹《たか》村《むら》亜《あ》弐《に》

Q2 これから獏に、どんな目にあって欲しいですか？

A2 ヒロイン（の誰かでも、まとめてでも）をかけて、「強制的に」バトる羽目にとか。たまには守る立場も見てみたい？陰陽術とかも、いずれ使えるようになるのでしょうか。

Q3 亜弐を描くとき、特に気をつけている点は？

A3 頂いた設定書には「一重まぶた」とあったので「一重でも可愛い顔」を目指してます。
あと、「貧乳であってペタンコではない」（笑）。しかし個人的には、Ｂカップは貧乳ではないと思うんですが、どうでしょう。他の美少女と並んだときでも、かすんでしまわないように描きたいです。第一巻では、ちょっと頭身が高かったですね。反省。

御《み》堂《どう》獏《ばく》

みーこ

Q4 みーこカワイイっすよね（質問?）！

A4　一番人気だそうで（笑）。

見た目は子供だけど、精神的には一番大人なのかなーと思います。（代々御堂家に憑いていたってことは、主人の死に目にも会っただろうし。）個人的に、竜二郎と過ごしていた頃のエピソードなんか読んでみたいです。

あ、尻尾の先、黒くするの今まで忘れてました…。

Q5 アヌさんへのアツイ思いをお聞かせ下さい！

A5　獣人万歳！！

しかし、いつの間に清美を膝の上に乗せるまでの関係に！？

私の知らない「何か」があったんでしょうかー。

アヌビス

天《あま》御《み》門《かど》玖《く》実《み》

桝《ます》田《だ》清《きよ》美《み》

Q7 清美のほくろ、色っぽいっすよね（質問？）！

A7　主要キャラが全員ほくろ無しだったのもあって、アクセントにと思って。
同時期に描いた玖実とは、対照的な顔にしたつもりです。

Q6 玖実は設定上「細目」なのですが、細目キャラを描くコツがあれば。

A6　「四六時中目を細めてる状態」のつもりで描いてます。
女の子なので黒目がちにして、ソフトなイメージを心がけてます。
でもやっぱりバランスが難しい…。

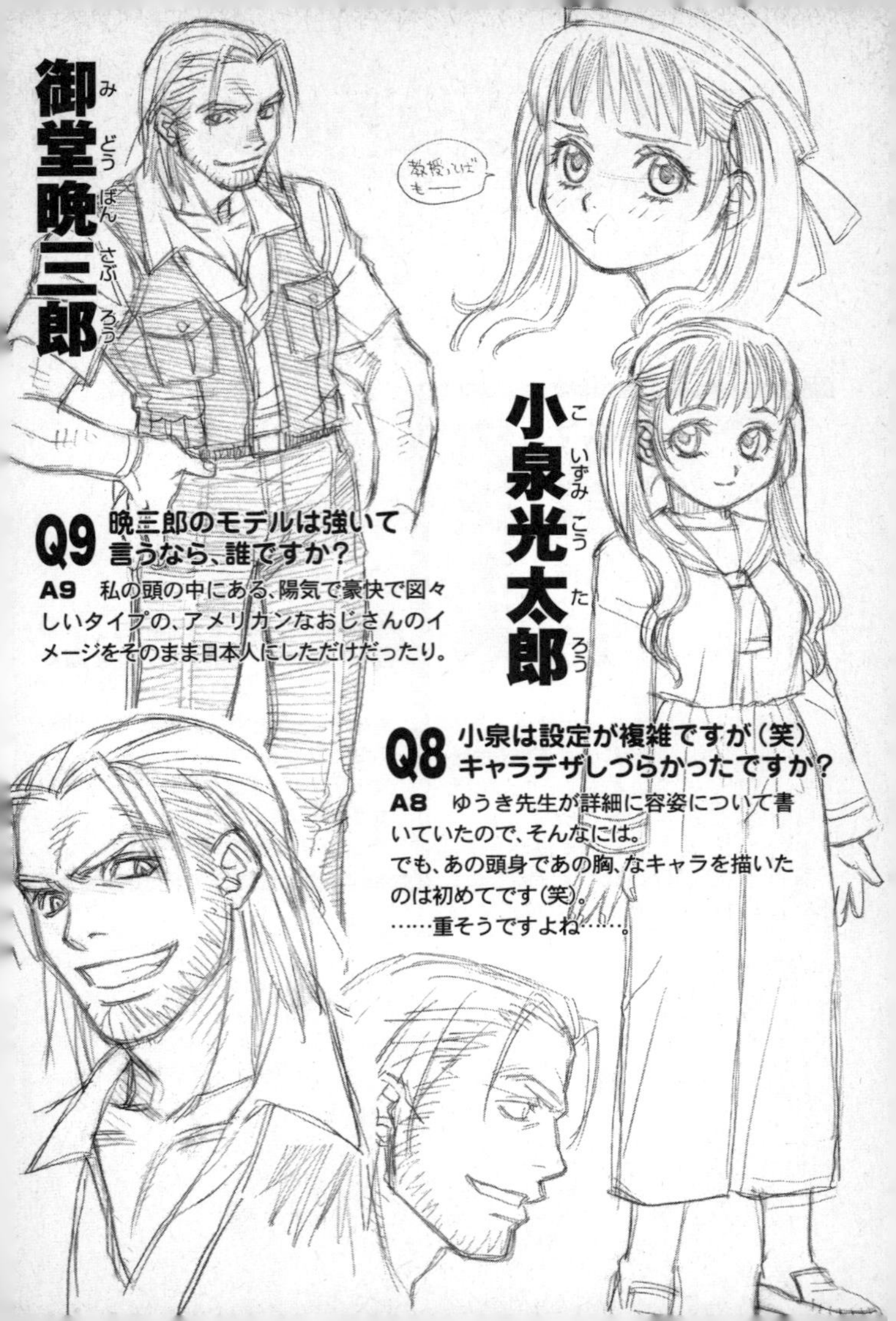

御《み》堂《どう》晩《ばん》三《さぶ》郎《ろう》

Q9 晩三郎のモデルは強いて言うなら、誰ですか?

A9　私の頭の中にある、陽気で豪快で図々しいタイプの、アメリカンなおじさんのイメージをそのまま日本人にしただけだったり。

小《こ》泉《いずみ》光《こう》太《た》郎《ろう》

Q8 小泉は設定が複雑ですが(笑)キャラデザしづらかったですか?

A8　ゆうき先生が詳細に容姿について書いていたので、そんなには。
でも、あの頭身であの胸、なキャラを描いたのは初めてです(笑)。
……重そうですよね……。

お蔵出し番外編！

Q10
酒井さんの一番お気に入りのキャラは・・・アヌさんですが、二番目にお気に入りのキャラは誰ですか？

A10　清美・・かな。ある意味自由度高かったキャラなので。（アヌさんとのからみがある、ということも否定出来ない）ルックスでは美少女小泉。シリーズ初期の亜弐には同情を禁じ得ませんでした。

清美のおめかし♪
アヌさんの正装!?
にっこり♥

晩三郎
ちょっといいところ

ウェイビー清美

泣き虫メイド・玖実

亜弐お料理中！

Q11 読者の皆さんにメッセージを！

A11　これからも、作品のイメージを広げる手助けになるよう頑張ります。
皆さん温かい目で見守ってやってください。

あとがき

みなさま、こんにちは～、ゆうきりんでっす。

『さようなら!?　ファラオさま』から四カ月……夏と共に戻ってまいりました『オーパーツ♥ラブ』!!

とはいえ、今回はタイトルの通り、『SP（すぺしゃる）』版、『外典』であります。

つまり、本編とはちょっと趣《おもむき》の違うもの……短編集だったりします。

各ヒロインたちをぐぐっとクローズアップしたお話の数々となっています。

え～、この本は、『さようなら!?』のあと、次はどうしましょうか、という打ち合わせの際に、いつもパワフリャーなC担当様から、

「本編の短編が好評なので、ぜひ短編集を一冊出しましょう！」

という、ありがた～いお話をいただいて、企画が実現したのでした。

やったぜ!!

イラストの方も、表紙がちょっと大胆なウエイトレス姿（担当様案）、ピンナップがみーこの着せ替え（酒井《さかい》センセ案）、とSP版にふさわしい豪華な内容になっておりますー。みなさん、ぜひ二冊（もっとたくさんでも可です！）買って、実際に切り抜いて遊んでくださいな〜。

イラストをお願いしている、漫画家の酒井ヒロヤスセンセには、いつもいつも頭が下がります。ぺこり。ありがとうございます。今回も大満足です！

う〜、SD絵でピンズ造りてー。キャラごとのトレカでもいいなあ……。

ナイスアイデア、ありがとうございました、担当様‼　酒井センセ‼

このところ、ずっとPS2の『ギレンの野望』をやってます。

楽しい！　実に楽しいです！

CMを見る限りでは、ハマーン様やカミーユもいるようなんですが、まだ彼らを出すには至ってません。

目指せ、フルコンプ！

この夏にはまた新たなガンダムゲーが出るようで、それも楽しみです。

さて！　ここで重大なお知らせをひとつ！　実は——

来月、本編が戻ってまいります！

やったーっ!!

それに伴い、タイトルも『オーパーツ♥ラブ　2nd』となります!!

これというのも『オーパーツ♥ラブ』を買ってくださり、応援してくださった読者の皆様方のおかげです～。

数字として結果が出た、そのおかげで、続けられることになりました（感涙）。

こういう形で続けられることになったのは、何より嬉《うれ》しいです。

2ndは全三冊の予定になっておりますが、これからも、3rd、4th、と続けていけるように頑張りますっ。

なにとぞ応援よろしくお願いしますー。

C担当様、酒井《さかい》センセ、今後ともよろしくお付き合いくださいませ！

それでは、みなさま……また来月、お逢いしましょう!!

二〇〇二年　五月　下旬

ゆうき　りん

この作品の感想をお寄せください。

あて先　〒101-8050
東京都千代田区一ツ橋２―５―10
集英社　スーパーダッシュ編集部気付

ゆうきりん先生

酒井ヒロヤス先生

オーパーツ♥ラブSP《すぺしゃる》
～あ・ら・か・る・と～
ゆうき りん

集英社スーパーダッシュ文庫

2002年7月30日　第1刷発行

★定価はカバーに表示してあります

発行者
谷山尚義

発行所
株式会社 集英社
〒101－8050　東京都千代田区一ツ橋2－5－10
03(3239)5263(編集)
03(3230)6393(販売)・03(3230)6080(制作)

印刷所
図書印刷株式会社

ISBN4－08－630088－5 C0193

オーパーツ♡ラブ
OPARTS LOVE
~必読です！ファラオさま~
D スーパーダッシュ
萌えろちっく♥ラブコメディー！
…それは萌えろちっくコメディの
最高傑作と呼ばれていた…
もう読んだかバク
イプネフェル
!!
御堂 獏（みどう ばく）
ヤバイ…
まだ読んでない…！

ゆうきりん

イラスト／酒井ヒロヤス

鷹村亜弐(たかむら　あに)
読んどかないと承知しないからね、貘!
幼なじみ
朗読してくれるな…バク
王女さま…そして猫耳!
先に読んでもらうんはウチや!
みーこ
アヌビス
読むしかありませんな
うむ。
ぐっ…
はまりそうでコワイ…

古代から甦《よみがえ》ったエジプト王女に何故かゲボクにされてしまったひきこもり少年・貘《ばく》。幼なじみの亜弐《あに》や化け猫のみーこたちも一緒に、誘惑いっぱい♥の同居生活が始まった！

〈シリーズ〉好評既刊

オーパーツ♥ラブ ～いけません！　ファラオさま～

オーパーツ♥ラブ ～おいでやす！　ファラオさま～

オーパーツ♥ラブ ～さようなら⁉　ファラオさま～

本に魂を売った女の正体は
紙を操る異色ヒロインの